THERESIA ENZENSBERGER
HANS MAGNUS ENZENSBERGER

Vorwort

Wunder sind etwas ganz Normales. Wir sind ständig umgeben von Dingen, die wir uns nicht erklären können. Die Religionen brauchen nicht so zu tun, als wäre das etwas Übernatürliches.

Nicht mal die Psychologen wissen, warum alle Kinder eine Sprache lernen. Vielleicht liegt es ja daran, dass sie sich über die Geräusche der anderen wundern, die sie angeblich schon im Mutterleib hören. Merkwürdig ist auch, dass fast alle das Laufen erlernen, einen sehr komplizierten Vorgang. Auf zwei Beinen zu gehen erfordert viel Balance, eigentlich ist das Gehen ein fortlaufend verhinderter Sturz. Die Physiker haben diese Fähigkeit mit einem Kreiselkompass verglichen, ein ziemlich komplexes Gerät – und trotzdem beherrschen fast alle Kinder diese Fähigkeit.

Aber auch auf Visionen, Erscheinungen und Erleuchtungen haben die Religionen kein Vorrecht. Wunder tauchen in der Pop- und Rockmusik auf, wie Helene Hegemann schreibt (S. 55), oder im politischen Handeln und in Comicbüchern, wie Margarete Stokowski anhand von »Wonder Woman« feststellt (S. 12). An manchen Orten wird auf Wunder gewartet, zum Beispiel in Krankenhäusern: Simon Strauß hat eine Nacht in der Notaufnahme verbracht (S. 66), und Jovana Reisingers Protagonisten befinden sich in einer Schönheitsklinik (S. 6). Über das Ausbleiben aller Wunder hat Thomas Knoefel geschrieben (S. 58). Selbst wenn es doch um Religionen geht, lässt sich die Entstehung der Wunder aus immer neuen Perspektiven betrachten, wie Leon Dische Becker es anhand der Rastafari macht (S. 27) und Elvia Wilk anhand der Mystikerinnen (S. 20).

Wunderbar ist übrigens auch, dass uns der Hanser Verlag erlaubt hat, diese Autoren zu versammeln und dass diese uns ihre Zeit und ihre Worte geliehen haben. Viel Spaß beim – oder, nein: Wundern Sie sich ruhig beim Lesen!

HANS MAGNUS ENZENSBERGER

Wunder

Der Eintrag im Internet ist wie immer überschwemmt von der Hysterie der Medien von der angeblichen Aktualität, in diesem Fall von einem Film namens *Wunder* des Regisseurs Stephen Chbosky, weil der Stars wie Julia Roberts aufzubieten hat. Genauso wurde die alte, ehrwürdige Idee aus der griechischen Antike von der Reklame dienstbar gemacht: Marken wie der *Wonderbra*, an die sich nur ältere Damen erinnern können, sind vergessen; doch das *Thaumazein* wird immer noch, zumindest bei den Philosophen, geschätzt.

Das Staunen, die Überraschung, ist bei Platon der Anfang des Philosophierens, und Aristoteles ging noch weiter. »Was sich von selbst versteht, ist bloße Meinung«, behauptet er. Nur wer sich wundert, kann etwas erkennen.

Im Deutschen haben wir Glück mit dem *Wunder*, weil wir dieses Wort reflektiert gebrauchen können. Also können wir uns selber wundern. Ein wenig können auch die Briten und der Amerikaner mithalten. Sie sagen »*I wonder*«, wenn sie sich erkundigen oder etwas vermuten.

Aber das Wunder heißt bei ihnen *miracle*. Das ist ein lateinisches Lehnwort: *mirari* bedeutet »sich wundern«. Das kann man also nicht nur auf Deutsch tun.

Wer aber kann Wunder wirken? Das können auch die Anglophonen fragen. *Who can work wonders?*

Zeichen und Wunder

Dass sie immer noch geschehen, sagt das Alte Testament im zweiten Buch Mose über den Auszug aus Ägypten. Martin Luthers Formulierung ist sprichwörtlich, wenn auch oft ironisch gemeint.

Rettung ist manchmal derart unwahrscheinlich, dass sie »nur durch ein Wunder« geschieht.

Was ist ein Wunderhorn?

Zwei Dichter aus der Romantik haben es erfunden, Clemens Brentano und Achim von Arnim: *Des Knaben Wunderhorn. Alte deutsche Lieder.* Diese Sammlung ist 1805–1808 in Heidelberg erschienen.

Clemens schreibt an Achim: »Es muß so eingerichtet sein, daß kein Alter davon ausgeschloßen ist, es könnten die bessern Volkslieder drinne befestigt werden.«

Goethe hat es gelobt, aber es gab auch Krach; denn die beiden haben die Lieder skrupellos und raffiniert modernisiert und allerhand dazugedichtet und wurden von manchen Kritikern wütend angegriffen. Entweder weil sie die »ächte« Volkspoesie eigenmächtig verfälscht oder die klassischen Versmaße ignoriert haben.

Die Dichter haben sich das Wunder natürlich nicht entgehen lassen. Leider neigen die meisten zum Kitsch.

Es gibt so wunderweiße Nächte,
Drin alle Dinge Silber sind.
Da schimmert mancher Stern so lind,
als ob er fromme Hirten brächte
zu einem neuen Jesuskind ...
Der leise seine Wunder tut.
Rainer Maria Rilke zu Weihnachten 1896

Wunder über Wunder

Du wunderst wunderlich dich über Wunder,
Verschwendest Witzespfeile, blank geschliffen.
Was du begreifst, mein Freud, ist doch nur Plunder,
und in Begriffen nicht mit einbegriffen
ist doch ein unermeßliches Revier.
Du selber drin das größte Wundertier.
Joseph von Eichendorff (1819)

Überall ist Wunderland,
überall ist Leben.
Bei meiner Tante im Strumpfenband
wie irgendwo daneben.

Überall ist Dunkelheit.
Kinder werden Väter.
Fünf Minuten später
stirbt sich was für einige Zeit.
Überall ist Ewigkeit.
Joachim Ringelnatz (1927)

Kein Wunder, dass das am meisten gesungene Lied zu diesem Thema ein Schlager ist. Kurz vor dem Endsieg brachte Joseph Goebbels einen Ufa-Film in die Kinos, in dem Zarah Leander ein Lied von Bruno Balz und Michael Jary trällerte:

Ich weiß, es wird einmal ein Wunder geschehn,
und dann werden tausend Märchen wahr.

Häufig sind Wunder, die ausbleiben.

Wunder ist nicht nur im unerklärten
Überstehen der Gefahr;
Erst in einer klaren reingewährten
Leistung wird das Wunder wunderbar.

Mitzuwirken, ist nicht Überhebung
An dem unbeschreiblichen Bezug,
Immer inniger wird die Verwebung,
Nur Getragensein ist nicht genug.
Rainer Maria Rilke

Im Verzeichnis lieferbarer Bücher finden sich massenhaft Wundertitel wie *Hallo, kleines Wunder*. Der *Wonderbra* ist ein Pushup-Büstenhalter, was immer das sein mag.

JOVANA REISINGER

Schönheitswunder im Spa Hotel Global Beauty

Brigitte hat es verdient.

Mit stolzer, gerader Haltung marschiert sie schnellen Schrittes durch die vollautomatische, frisch installierte Schiebetür. Ihren Blick starr auf die Rezeption gerichtet, die zu ihrer Überraschung unbesetzt ist, zieht sie ihren Handgepäckkoffer hinter sich her und rammt ihn sich beim abrupten Stehenbleiben in die rechte Ferse. Die Distanz war kürzer als erwartet. Brigitte verzieht keine Miene. Brigitte spürt so etwas gar nicht. Aber spüren, das will sie künftig wieder: sich selbst, die Blicke der Fremden, fremde Hände.

Der Tresen der Rezeption ist aus dunklem Holz. Die Eingangshalle ist in den Farben Braun und Gold gehalten. Brigittes Zweiteiler ist cremefarben mit goldenen Knöpfen. Sie passt hierher. Brigitte liebt es, perfekt in ihre Umgebung zu passen, und nickt daher zustimmend in Richtung der leeren Rezeption. Die bleibt eine Antwort schuldig.

Jetzt reicht's aber. Kein Schild. Keine Notiz. Kein Anstand. Sie zieht ihre Augenbrauen hoch, denkt jedoch sofort an ihre Stirnfalten und versucht krampfhaft, sich zu entspannen. Statt ordentlich begrüßt zu werden, vernimmt Brigitte ein sanftes, gleichmäßiges Brummen. Sie fühlt sich nicht aufgefordert, das aufdringliche Geräusch auszukundschaften. Brigitte ist irritiert. Nach fünf Sternen fühlt sich das hier nicht an. Das Brummen ändert seine Melodie. Brigitte starrt beherrscht geradeaus. Nur keine Blöße geben. Mit Peinlichkeit beginnt kein neues Leben. So viel ist sicher für Brigitte.

Barbara hat keine Lust.

Sie liegt auf dem Boden und seufzt schwer. Um ihren Oberkörper hat sie einen rosa Gürtel geschnallt, der vor sich hin summt und ihre zu klein geratenen Brüste ordentlich durchschüttelt. Sie hat Schmerzen. Warum Barbara die Kontrolle über ihre Hände fehlt, derer es bedürfte, um sich das rosa Teil einfach vom Leib zu reißen, kann sie sich selbst nicht erklären. Barbara krümmt sich wie ein Fisch an Land und sieht ganz und gar nicht so aus wie die Frau aus der Werbebroschüre. Der Brustvergrößerungsgürtel gibt Stromschläge an Barbara ab, die – von Schmerzen gelähmt – bereit ist, sich ihrem Schicksal hinzugeben. Malträtiert hinterm, unterm Tresen der eigenen Rezeption im eigenen Hotel – so hat sie sich ihr Ende nicht vorgestellt. Alles, was sie von diesem Gerät wollte, war ein größerer Busen und vielleicht ein bisschen Erregung, schließlich war sie schon immer besonders empfindlich an den Brustwarzen. Ein angenehmer Nebeneffekt, mit dem sogar der Hersteller wirbt. Jetzt brennen ihre Brustwarzen und ihre Arme krampfen, ihr Gesicht lässt die antrainierte feine, stets auch etwas spöttische Miene vermissen, und erst jetzt fällt ihr auf, wie scheußlich der Teppich in der Eingangshalle ihres Hotels eigentlich ist. Warum so ein hässlicher Tod? Doch wie sich Barbara resigniert eingestehen muss: es ist, wie es ist. Sie ist bereit, aufzugeben.

Schönheit war ihr Leben. Schönheit wird ihr Tod sein. Barbara fühlt sich heldinnengleich. Die Stromschläge kitzeln weiterhin brutal ihren Körper, Hitze durchfährt sie. Und im Moment des größten Leids blickt sie in ein fremdes Gesicht. Eine frustriert, aber auch erschrocken dreinblickende Frau beugt sich über den Tresen und bringt Barbara die Erkenntnis, dass der helle Ton, den sie bis eben für das Bimmeln des Glöckchens am Himmelstor gehalten hat, schlichtweg die Klingel auf dem Tresen war.

Lisa ist gelangweilt.

Sie schlürft zwar die Austern, wie man es ihr beigebracht hat, schaut aber mit leerem Blick auf den Tisch vor sich. Nichts berührt sie, nichts geht sie etwas an. Dann nimmt sie ein Messer zur Hand, betrachtet in dem sorgfältig polierten Ding ihre fesch gebleichten Zähne eine Weile und inspiziert im Anschluss ihre Tränensäcke. Es durchfährt sie kurz und auch nur leicht, aber die Tränensäcke sind fort. Wow. Die Augenlider ruhen glatt über den Augäpfeln, die Poren im Gesicht sind unsichtbar geworden und die Zornesfalten einfach ausgeglichen.

Ein Grund zu feiern. Lisa hebt die Hand, ohne sich umzublicken. Der Kellner kennt sie. Sie kennt den Kellner. Der Kellner liefert. Absoluter Idealzustand. Lisa hat sich an diesen Zustand gewöhnt. Der Kellner füllt ihr Glas, sie nickt und trinkt. Sie schaut den Kellner an und will seinen Blick auf den Stick lenken, doch der macht nicht mit. Nein, Lisa wird heute Abend nicht glücklich. Sie hebt ihr Glas, trinkt langsam, um den angenehm perlenden Champagner lange im Mund zu halten. Sie strengt sich an, sie will genießen. Aber Lisa braucht ein Abenteuer. Lisa hat den Vaginastraffungsstick mit zum Abendessen gebracht. Der liegt neben dem Besteck auf der rosa Stoffserviette. Doch niemand schaut hin. Der weiße Stick, in etwa so breit wie zwei Finger einer schlanken Damenhand, sieht aus wie Marmor – besteht aber aus rein pflanzlichem Material, welches die Frau von innen heraus verjüngen und heilen soll. Jünger, schöner, straffer = erfolgreicher, lustvoller, geiler. Das verspricht nicht nur das Spa Hotel Global Beauty*****.

Lisa hebt die Hand, ohne sich umzublicken. Der Kellner kommt. Der Kellner liefert. Lisa öffnet die Verpackung des Sticks, während der Kellner sich anschickt, Lisas Grundbedürfnisse zu befriedigen. Sie schaut dem Kellner ins Gesicht. Der Kellner nickt und schaut ihr zu. Der Kellner verschüttet zum ersten Mal in seiner Laufbahn den Champagner. Lisa spürt die Schönheit von innen.

Tina ist froh.

Das Wunder der Medizin hat es ihr ermöglicht, endlich auch einen schlanken Körper zu bewohnen. Und während die vielen kleinen Lampen in der Decke der Poolanlage nach und nach entflammen, um einen Sternenhimmel zu simulieren, liegt sie darunter und begutachtet die Narben vom Fettabsaugen. Tina würde gerne sagen, dass es auch ohne diese schmerzhafte Prozedur gegangen wäre, wäre es aber nicht. Und nur Leid bringt Schönheit, sagt der Volksmund. Die Abnehmpflaster, die so penetrant nach Teebaum riechen, haben sie jahrelang begleitet, ihr allerdings nicht die angestrebte Kleidergröße verschafft, sondern lediglich hin und wieder einen Ausschlag. Jetzt liegt sie da, unter einem falschen Himmel, neben einer künstlichen Salzgrotte und trägt zum ersten Mal einen Bikini, in dem sie sich nicht hässlich findet. Tina schaut an sich herunter. Bald ist alles im Ebenmaß. Die Narben werden auch noch weggemacht. Wie freundlich von ihrer Mutter und ihrem Verlobten, ihr diese Behandlung zum Geburtstag zu schenken. Die Welt ist schön, denn sie kann schön gemacht werden. Tina ist froh, in einer Welt zu leben, in der Schönheitsmedizin gesellschaftsfähig ist. Die Massagefunktion im Pool startet und eine Frau steigt ins Becken. Sie trägt eine Klammer im Gesicht, die ihre Nase begradigen soll. Tina wird gehässig. Warum lässt die da sich nicht einfach hier im Haus operieren? Nase ist wirklich das kleinste Problem. Po ist schlimmer, Bauch ist schlimmer. So eine OP dauert lächerliche zwanzig Minuten. Eine Klammer entstellt viel länger. Eine Klammer ist so aufdringlich. So leidausstellend. Nein, die da ist keine Konkurrenz.

Die Frau geht elegant durch die Poolanlage und legt sich zu den Massagedrüsen. Sie lächelt freundlich, winkt der schönen Tina zu. Tina schämt sich und schließt ihre Augen. Noch ein wenig betäubt von dem anspruchsvollen Eingriff, schläft sie sofort ein. In ihrem Traum sind alle Frauen schön. In ihrem Traum sind alle Frauen schlank, faltenlos und lächeln ihr gutmütig zu, denn alle sind gleich.

Grazia verliert.

Das Spiel, das sie spielt, ist ein Wettkampf gegen die Zeit. Wie lang hat eine Frau Zeit, schön zu werden, fragt Grazia, aber niemand antwortet, denn alle tragen Masken im Gesicht und wollen sich entspannen. Im Hintergrund arbeitet ein Masseur und verräumt allerhand Zaubertränke, die aus einem alten Frauenkörper in Windeseile einen jungen, begehrenswerten machen. Auch er enthält sich, denn er ist eigentlich gar nicht da.

Grazia hatte schon vor ihrer Ankunft Panik. Bisher war sie auf jedem Markt nur mittelmäßig angekommen. Ein mittelmäßiger Job und ein mittelmäßiger Mann, der sie jetzt auch noch heiraten möchte. Grazia fragt laut in die Runde: Muss es da nicht mehr für mich geben? Für uns alle? Und der Masseur versucht eilig, den Störenfried zur Ruhe zu bringen, er knetet Grazias Nacken mit einer schnell heiß werdenden Creme. Doch sein beherzter Versuch ist gar nicht vonnöten. Die anderen Frauen im Saal rühren sich nicht. Die sind völlig weggetreten. Denn was hat die Frau bei der Botoxbehandlung gesagt? Wenn nichts mehr hilft, kommt wahre Schönheit von innen – und zwar in Form von völliger Entspannung. Grazia gibt sich den gekonnten Berührungen des Masseurs hin und hält endlich still. Eine zweite Angestellte betritt den Saal und zieht jeder Dame die Tuchmaske vom Gesicht. Die Frauen sehen aus, als wären sie verprügelt worden. An den unterschiedlichsten Stellen im Gesicht tragen sie Hämatome. Sie blicken zu einander, aber keine wirkt erschrocken. Die Angestellte erklärt Grazia, dass sie morgen auch so aussehen wird, rund um die Augen, am Kinn, auf der Stirn. Grazia verliert sich in den blauen Flecken, in der Masse der Gesichter gegenüber. Die Frauen sind nicht schockiert oder leidend, sie tragen ihre Gesichter mit Fassung. Grazia freut sich auf ihren neuen Marktwert. Grazia freut sich, ihr Mittelmaß hinter sich zu lassen. Durch Leid zum Licht. Grazia lässt sich auf das Spiel ein.

Joy gibt auf.

Sie desinfiziert die Stirn, die Augenpartie, dann die Nase, das Kinn und die Wangenpartie einer namenlosen Frau, der hundertsten Patientin heute. Die Routine gibt ihr Sicherheit und das Ergebnis ist jedes Mal phänomenal. Joy weiß, dass das Ergebnis nicht lange hält. Die Frauen wissen das nicht so direkt. Joy weiß, das gehört zum Business: Versprechen geben. Hoffnung schenken. Den Frauen geht es danach sichtlich besser. Sie strahlen – vor Zufriedenheit und Stolz. Joy wirft die Tücher in den Mülleimer und reibt das unbekannte Gesicht vor ihr mit einer Hyaluronsalbe ein. Sie führt keine Gespräche mit den namenlosen Frauen.

Sie weiß nicht, warum oder für wen sie sich die LED-Maske aufsetzen lassen. Die Maske hat ein geschlechtsloses Gesicht. Drei kleine Schlitze markieren Augen und Mund, es wird jedoch empfohlen, die Augen während der 30-minütigen Behandlung geschlossen zu halten. Das Licht macht die Haut nicht nur jünger, nicht nur straffer, sondern auch heller. Ein All-Inklusive-Treatment, sozusagen. Um die Intensität zu verstärken, gibt die Maske auch noch minimale Stromimpulse ab. Joy schaltet die Maske an, diese piept einmal laut. Über das Geräusch ärgert sie sich jedes Mal, ohne eine Miene zu verziehen. Joy stellt den Regler auf 30 Minuten, programmiert die richtige Lichtfarbe für die Patientin und dimmt das Licht des Behandlungszimmers. Sie bleibt, wie jedes Mal, für einen kurzen Moment im Türspalt stehen und begutachtet die Liegende. Wie friedlich sie da liegt, so als würde es um nichts gehen. Wo es doch um alles geht. Die Maske strahlt über ihre Ränder hinaus. Hätte sich Joy nicht schon längst an diesen Anblick gewöhnt, würde sie sich jetzt vielleicht fürchten.

Sie schließt die Tür, startet die Uhr und geht in den Pausenraum am Ende des Flurs.

Dort trifft sie auf andere Angestellte, die warten müssen. Jede von ihnen trägt eine kleine Stoppuhr bei sich. Das Ticken der biologischen Uhr wird in diesem Raum besonders deutlich. Doch es ist die Zeit anderer, fremder Frauen. Für Joy und ihre Kolleginnen ist jetzt Zeit für Kaffee. Manche frischen sich gegenseitig das Make-up auf, tragen Masken, lesen Zeitschriften oder genießen ein Fußmassagebecken. Joy weiß, dass es nicht nur um Hoffnung geht. Es ist genauso wichtig, die Illusion aufrechtzuerhalten. Die Angestellten des Spa Hotel Global Beauty müssen auch schön sein. Aber auch nicht schöner als die

Frauen, die hier behandelt werden. Nur beinahe so perfekt. Abstand ist wichtig. Joy nippt an der Tasse und zupft sich ihren Kittel zurecht. Sie atmet tief ein. Sie seufzt. Sie wäre gern noch schöner. Sie wäre gern so schön wie all die schönen Frauen, die sie schön macht. Denn nur die Schönheit birgt in sich das Glück.

MARGARETE STOKOWSKI

Wonder Woman & Hannah Arendt

»Und jetzt werde ich nie wieder dieselbe sein.«
Von Wundern im Politischen bei Hannah Arendt und Wonder Woman

Man könnte die These vertreten, dass es in spätkapitalistischen Gesellschaften kaum ein Handeln gibt, das nicht irgendwie politisch ist: morgens ungesund früh aufstehen, Kaffee trinken, in einem benzinbetriebenen Bus zur Arbeit in einen ausbeuterischen Betrieb fahren, dabei ein Smartphone benutzen, das Erze enthält, die unter menschenverachtenden Bedingungen abgebaut wurden – alles politisch.

Wenn es im Folgenden um politisches Handeln geht, dann meine ich nicht solche häufig nebenbei laufenden politischen Positionierungen. Sondern die aktive Entscheidung zu politischem Engagement, sei es im Reden oder im Tun, und den Moment, in dem wir merken, dass es um etwas Großes geht: die Frage, wie Menschen zusammenleben und welche Rolle wir dabei spielen.

Hannah Arendt beschreibt den Moment, in dem Menschen anfangen, miteinander zu handeln, so:

> Sprechend und handelnd schalten wir uns in die Welt der Menschen ein, die existierte, bevor wir in sie geboren wurden, und diese Einschaltung ist wie eine zweite Geburt, in der wir die nackte Tatsache des Geborenseins bestätigen, gleichsam die Verantwortung dafür auf uns nehmen.*

Das, was Arendt hier »Einschaltung« nennt, ist die Grundlage allen politischen Handelns. Manchmal findet die Einschaltung völlig frei statt, manchmal wird sie von außen aufgezwungen, weil Menschen angegriffen werden und sich verteidigen müssen, oder sich auf die eine oder andere Seite stellen müssen,

* Hannah Arendt: Vita activa oder Vom tätigen Leben (1958). München 1981, S. 215

weil es dazwischen nichts gibt. Manchmal wird sie zwar nicht direkt aufgezwungen, aber ist nicht anders möglich, aus Gewissensgründen.

Dieser Moment lässt sich wohl an keiner anderen Figur der jüngeren Popkultur besser erkennen als bei Wonder Woman, hier anhand des Films von Patty Jenkins von 2017. Wonder Woman wächst auf einer Insel auf, die nur von Frauen bevölkert ist: Amazonen, die sich im Kämpfen üben für den Fall, dass der Kriegsgott Ares zurückkehrt, um die Menschheit zu zerstören. Wonder Woman heißt da noch, mit sozusagen bürgerlichem Namen, Diana und rettet eines Tages einen Mann – Steve – vorm Ertrinken, der ihr dann vom Krieg erzählt.

Was Steve vom Krieg berichtet, erinnert Diana an die Geschichten über Ares, und sie beschließt, mit Steve die Insel zu verlassen, um zu kämpfen. Vorher allerdings muss sie sich von ihrer Mutter verabschieden.

Diana: »Ich gehe, Mutter. Ich kann nicht tatenlos zusehen, während Unschuldige ihr Leben verlieren. Wenn niemand sonst die Welt gegen Ares verteidigt, dann muss ich es tun. Ich muss gehen.«
Mutter: »Ich weiß. Zumindest weiß ich, dass ich dich nicht davon abhalten kann. Es gibt so vieles ... so vieles, das du nicht verstehst.«
Diana: »Ich verstehe genug. Dass ich bereit bin, für die zu kämpfen, die nicht für sich selbst kämpfen können. Wie du es einst getan hast.«
Mutter: »Du weißt, wenn du dich entscheidest, fortzugehen, kehrst du vielleicht nie wieder zurück.«
Diana: »Wer wäre ich, wenn ich bleiben würde?«

Wer wäre sie, wenn sie bliebe? Nicht dieselbe, würde Hannah Arendt sagen. Wenn Arendt den Beginn von Handeln im gesellschaftlichen Raum als zweite Geburt beschreibt, dann klingt das zwar erst mal so, als könnte man auch drauf verzichten, weil *eine* Geburt ja üblicherweise zum Leben reicht. Ein Leben ohne Sprechen und Handeln mit anderen aber »wäre buchstäblich kein Leben mehr«, schreibt sie, »sondern ein in die Länge eines Menschenlebens gezogenes Sterben«.*

* Ebd.

Und auch Diana stellt schließlich fest, dass sie durch die Kämpfe, die sie geführt hat, eine andere geworden ist. Am Ende blickt sie zurück:

> Ich wollte immer die Welt retten. Diesen schönen Ort. Doch damals wusste ich so wenig. Es ist ein Land voller Magie und Wunder, wert, in jeder Hinsicht geschätzt zu werden. Doch je näher man kommt, desto deutlicher erkennt man die große Finsternis, die darin schwelt. Und die Menschheit? Die Menschheit, das ist eine ganz andere Geschichte. Was jemand tut, wenn er mit der Wahrheit konfrontiert wird, ist schwieriger als man denkt. Ich habe es am eigenen Leib erfahren, vor langer, langer Zeit. Und jetzt werde ich nie wieder dieselbe sein.

Auf dem Weg zu diesem neuen Selbst erfährt sie allerlei abenteuerliche Dinge, die sich aber im Grunde auch nicht von dem unterscheiden, was die meisten politisch aktiven Frauen erleben: Diana wird unterschätzt und belächelt, für naiv und verrückt gehalten. Sie überrascht andere – und sich selbst. Am Anfang denkt sie noch, ihr Schwert sei der »Godkiller« (auf Deutsch »Gotttöter«, aber das klingt zu schlimm), der Ares töten kann. So hatte sie es als Kind gelernt. Dann aber erfährt sie, dass es weder das Schwert ist noch ihr Schild oder das magische Lasso, das sie bei sich trägt: Sie selbst ist der »Godkiller«.

Wonder Woman lernt sich beim Kämpfen also selbst neu kennen, sie erfährt, welche Macht sie hat. Darin besteht ihr Wunder: dass sie Kräfte hat, von denen sie selbst nichts geahnt hat – und die Menschen um sie herum auch nicht.

Und genau dieses Wunder ist es, das Hannah Arendt beschreibt, zugegebenermaßen für kleinere Situationen als den Kampf gegen Kriegsgott Ares:

> Es liegt in der Natur eines jeden Anfangs, dass er, von dem Gewesenen und Geschehenen her gesehen, schlechterdings unerwartet und unerrechenbar in die Welt bricht. Die Unvorhersehbarkeit des Ereignisses ist allen Anfängen und allen Ursprüngen inhärent. (…) Der Neuanfang

> steht stets im Widerspruch zu statistisch erfassbaren Wahrscheinlichkeiten, er ist immer das unendlich Unwahrscheinliche; er mutet uns daher, wo wir ihm in lebendiger Erfahrung begegnen (...), immer wie ein Wunder an.

Die Widerstände, die alle Menschen erfahren, und insbesondere Frauen, die sich politisch engagieren, begegnen auch Wonder Woman bis zum Ende. Als sie schon mitten im Showdown steht und kurz davor ist, Ares zu besiegen, muss sie sich immer noch denselben Quatsch anhören, den alle Frauen kennen, die schon mal politische Kämpfe ausgetragen haben.

»O meine Liebe«, sagt Ares zu Diana, »du hast noch so viel zu lernen« – eine Art Archetyp des überheblichen Onkels mit Schnauzer, der nicht nur direkt vor seinem Untergang steht, sondern auch noch beachtlich dämlich dabei aussieht. Als er merkt, wie mächtig sie ist, versucht er – auch ein Klassiker – noch mit ihr zu bonden: Ob sie sich nicht doch vorstellen könnte, mit ihm gemeinsam die Menschheit zu zerstören, um dann ein Paradies aufzubauen. Kann sie sich natürlich nicht vorstellen. Und verabschiedet ihn mit einem »Leb wohl, Bruder«.

Unklar, wie gut Hannah Arendt das alles fände. In einem berühmten Interview mit Günter Gaus hat sie mal erklärt:

> Ich bin eigentlich altmodisch gewesen. Ich war immer der Meinung, es gibt bestimmte Beschäftigungen, die sich für Frauen nicht schicken. Die ihnen nicht stehen, wenn ich einmal so sagen darf. Es sieht nicht gut aus, wenn eine Frau Befehle erteilt. Sie soll versuchen, nicht in solche Positionen zu kommen, weibliche Qualitäten zu behalten. Ob ich damit recht hab oder nicht, weiß ich nicht.*

Genau das Problem mit den sogenannten weiblichen Qualitäten war es aber, dass William Moulton Marston zu Beginn der 1940er Jahre dazu bewegte, die

* Hannah Arendt im Gespräch mit Günter Gaus. Zur Person – Porträts in Fragen und Antworten. ARD, 28. Oktober 1964

Figur von Wonder Woman zu erschaffen. Ihn störte, völlig zu Recht, dass Superhelden immer männlich waren. In einem Aufsatz für den »American Scholar« schrieb er 1944: »Nicht mal Mädchen wollen Mädchen sein, solange unsere weiblichen Archetypen keine Kraft, Stärke und Macht haben.« Das naheliegende Gegenmittel sei es für ihn gewesen, »einen weiblichen Charakter zu schaffen mit all der Stärke von Superman und zusätzlich mit dem Zauber einer guten und schönen Frau«.*

Und so entstand die Figur von Wonder Woman und bietet seitdem Mädchen und Frauen die Möglichkeit, sich beim Comicslesen und Filmegucken auch mal mit etwas anderem zu identifizieren als der *damsel in distress* oder der bösen Hexe (was natürlich nicht schlecht sein muss). Die Autorin Julia Bähr schrieb, nachdem sie Wonder Woman im Kino gesehen hatte:

> Eine Frage treibt mich schon lange um: Wo nehmen Männer eigentlich dieses Selbstbewusstsein her? (...) Seit gestern Abend weiß ich, wo es herkommt. Da war ich nämlich in ›Wonder Woman‹. (...) Danach habe ich mich gefühlt wie die kleinen Jungs, die sich beim Fahrradfahren vorstellen, sie seien Superman. Es ist absolut unglaublich, welchen Einfluss Identifikationsfiguren haben. In der Theorie war mir das immer klar, aber gestern Abend habe ich es zum ersten Mal selbst gespürt. (...) Es ist viel leichter, sich in einer Position zu sehen, in der schon jemand ist, der einem ähnelt. Das bezieht sich auf Alter, Bildungsgrad – und eben auch aufs Geschlecht. Deshalb gehen Männer durch eine Welt voller mächtiger Männer und gehen davon aus, dass auch sie zur Macht grundsätzlich befugt sind. Und deshalb gehen Frauen durch eine Welt voller mächtiger Männer und fragen sich, wo eigentlich die Lücken sind, in denen sie selbst ihren Platz finden könnten.**

Das Gute: Jede Frau, die politisch handelt, wird weitere nach sich ziehen, weil es immer normaler wird, dass wir Frauen als mächtige Menschen sehen. Es

* William Moulton Marston: »Why 100,000,000 Americans Read Comics«, The American Scholar Winter 1943–44, neu veröffentlicht am 8. Juni 2017 auf theamericanscholar.org

** Julia Bähr. Wo die großen Egos wachsen. 14. Juli 2017, comeonbaehr.wordpress.com

mag manchmal nicht danach aussehen, als würde es besser werden. Aber da können wir ruhig wieder auf Hannah Arendt hören, wenn sie schreibt:

> Wenn es also im Zuge der Ausweglosigkeit, in die unsere Welt geraten ist, liegt, Wunder zu erwarten, so verweist diese Erwartung uns keineswegs aus dem ursprünglichen politischen Bereich heraus. Wenn der Sinn von Politik Freiheit ist, so heißt dies, dass wir in diesem Raum – und in keinem anderen – das Recht haben, Wunder zu erwarten.*

* Hannah Arendt: Was ist Politik? München 1993, S. 35

HANS MAGNUS ENZENSBERGER

Das Schneewunder Unserer Lieben Frau

Eines Nachts, mitten im Sommer, ist die Madonna einem römischen Patrizier im Traum erschienen. Der und seine Frau hatten sich schon immer einen Sohn gewünscht, aber es wollte einfach nicht gelingen. Da legten die beiden ein feierliches Gelübde ab. Sie versprachen, wenn ihr Wunsch in Erfüllung gehe, würden sie eine Kirche an der Stelle bauen, wo am nächsten Morgen Schnee gefallen sei.

Das war im August, bei tropischer Hitze. Das Ehepaar machte sich auf den Weg zum Papst Liberius, um ihn um Rat zu fragen. Als er hörte, was sie ihm erzählten, bekannte er, dass er in der Nacht denselben Traum gehabt hatte wie sie.

Am andern Morgen hatte es auf dem Esquilin, einem der sieben Hügel Roms, geschneit. Und heute steht dort die Patriarchalbasilika Santa Maria Maggiore. Aber nicht nur dort erinnert man sich an das Schneewunder. Auch viele Klöster, Wallfahrtsorte und Kapellen stehen unter der Schirmherrschaft Unserer Lieben Frau vom Schnee, nicht nur in Frankreich, in Andalusien, im ukrainischen Lemberg und in Kanada, auch bei uns in der Nähe, in Osttirol oder im oberpfälzischen Aufhausen.

Papst Clemens XII. hat die folgenden Regeln eingeführt: Der Selige muss ein ehrwürdiger Diener Gottes sein, und damit er zur Ehre der Altäre erhoben wird, muss mindestens *ein* Wunder auf seine Fürbitte hin bewirkt worden sein. Erst dann kommt eine Heiligsprechung in Frage. Dafür braucht es allerdings mindestens ein weiteres Wunder.

Der Prozess der Kongregation gleicht einem Gerichtsverfahren. Das heißt, dass eine umfassende und langwierige Untersuchung stattfinden muss. Dazu ist der Antrag einer Diözese oder eines Ordens nötig. Die müssen auch die Kosten für das Verfahren aufbringen.

Die Gebühren und Taxen bei der Kongregation, die Honorare für die Gutachter, die Dokumentation, die Übersetzungsarbeiten, die Druckkosten und so weiter schlagen mit rund fünfzigtausend Euro zu Buch. 1997 wurden circa tausendfünfhundert Verfahren bearbeitet, und bei jedem sind eine viertel Million Kosten angefallen.

Wer den Antrag stellt, ist der *Actor*. Dazu muss er beim Heiligen Stuhl eine Unbedenklichkeitserklärung einholen. Wenn dem Antrag nichts entgegensteht, beauftragt der Antragsteller einen *Postulator*. Der muss die Biographie, die Schriften und alle anderen Zeugnisse des Kandidaten sammeln. Das Resultat wird bei der Kongregation eingereicht. Die besteht aus Kardinälen, Erzbischöfen und Bischöfen, die der Papst beruft. Sie prüft die Unterlagen. Zusätzlich können auch Historiker und andere Wissenschaftler befragt werden. Die Wunder werden daraufhin untersucht, ob sie unerklärlich sind. Wenn es sich um Heilungen handelt, müssen sie von Medizinern beurteilt werden. In letzter Instanz muss auch noch ein Anwalt der Kirche berufen werden, der *advocatus diaboli*. Der wird die Belege und die Argumente anfechten, und die Fürsprecher, die *advocati dei*, müssen ihn widerlegen. Wenn zwei Drittel der Theologen für den Kandidaten stimmen, dann liegt die letzte Entscheidung beim Papst.

ELVIA WILK

Und das Wort ward frisch

1.

Der Spiegel der einfachen Seelen ist ein mystischer Text, den die französischsprachige Begine Marguerite Porete in der zweiten Hälfte des 13. Jahrhunderts verfasste. Das Buch, halb Prosa, halb Lyrik, ist sowohl eine Meditation über göttliche Liebe als auch eine Art mystischer Leitfaden. Es beschreibt die sieben Etappen einer »Reise«: »Die Stufen, auf denen man aus dem Tal auf den Gipfel des Berges steigt, der so vereinzelt dasteht, dass man dort außer Gott nichts sieht.« Diese Stufen, von denen die letzte erst nach dem Tod erreicht werden kann, stellen verschiedene Grade der Entwerdung dar: Das Abstreifen (die *Aphärese*) des eigenen Willens für Gott. »So ist es vonnöten«, schreibt Porete, »dass man gemahlen wird, um sich selbst zu erdrücken und zu brechen und damit den Raum zu erweitern, wo sich die Liebe aufhalten kann.«

Eine derart exponentielle Selbstverneinung birgt eine Menge Widersprüche in sich. Wie wünscht man sich den Willen weg? Wie verlangt man nach einem Selbst, das nichts verlangt? Wie verfasst man einen Text über die Verneinung des Selbst, das den Text schreibt? Der Lyrikerin und Essayistin Anne Carson zufolge, ist die Beziehung zwischen der Mystikerin und dem geschriebenen Wort »mehr als ein Widerspruch, sie ist ein Paradox«. Einen mystischen Text zu schreiben (und ihn zu lesen) ist von Natur aus eine vergebliche Übung. Die Autorin kommt nicht umhin, die Sprache zu benutzen, um das Versagen der Sprache zu beschreiben.

Poretes Werk ist ein Musterstück mystischen Schreibens in der apophatischen Tradition. Apóphasis: die rhetorische Strategie, sich einem Thema zu nähern, indem man seine Existenz oder seine Beschreibbarkeit bestreitet. Der grundlegende apophatische Autor der christlichen Mystik war Dionysius Areopagita, der im fünften oder sechsten Jahrhundert feststellte: »dadurch, dass man nichts erkennt, erkennt man über die Vernunft hinaus«. Sechs Jahrzehnte später beschrieb Meister Eckhart, beeinflusst von Dionysius und wahrscheinlich auch von Porete, Gott als die »Negation der Negation«.

Die Apophasie, die *via negativa*, ist eine radikale Konfrontation mit der Vergeblichkeit der Sprache in Gegenwart des Unerkennbaren. Ihr rhetorisches Gegenstück ist die Kataphasie, die *via positiva*: Die Strategie der endlosen Behauptung eines Themas, um sich ihm durch bloße (vielleicht endlose) Akkumulation zu nähern. Wo ein Apophatiker vielleicht sagt: »Gott ist die Abwesenheit der Dunkelheit«, sagt ein Kataphatiker: »Gott ist die Sonne, das ultimative Licht.« Der Autor und Philosoph Eugene Thacker beschreibt das Kataphatische als eine Reihe von »absteigenden Behauptungen« und das Apophatische als eine Reihe von »aufsteigenden Verneinungen«. Erstere Strategie baut ins Nichts auf, während letztere zum Nichts abbaut. Der unmögliche Turm, mittels dessen das unmögliche Ziel erreicht werden soll, kann gebaut werden, indem die Steine entweder endlos nach unten gestapelt werden oder endlos nach oben entfernt werden. Dionysius zufolge sollte man nicht denken, »dass die Negationen im Gegensatz zu den Affirmationen stehen, sondern vielmehr, dass [Gott] über allen negativen und positiven Unterscheidungen liegt«.

2.

Im Jahr 1373 erlebte die englische Reklusin, Mystikerin und Theologin Juliana von Norwich (1342–1416) eine Reihe von mystischen »Offenbarungen«. Tagelang hatte sie an einer Krankheit gelitten, von der sie glaubte, sie würde an ihr sterben, als sie plötzlich von ihrem Leid erlöst wurde und Gott ihr mehrere »Nichtse« zeigte. Julianas »Nichtse« können als apophatische Visionen begriffen werden, Visionen, die in ihrer Offenbarung außerdem die Vergeblichkeit des Sehens zum Vorschein bringen. Sie sah psychedelische Nahaufnahmen von Christi Wunden und von der heiligen Maria, aber Gott ließ sie auch »ein kleines Ding schauen in der Größe einer Haselnuss, das in meiner Hand lag und das meinem Verstand nach so rund war wie irgendeine Kugel«. Als sie fragte, was dieses kleine Ding sei, antwortete Gott: »Es ist alles, was erschaffen wurde.«

Norwich hielt diese und andere Visionen in ihrem Buch *Offenbarungen der göttlichen Liebe* (1395) fest. Es ist wahrscheinlich das erste von einer Frau geschriebene Buch in englischer Sprache. Im Text beschreibt sie ihre göttliche Eingebung immer wieder als eine Art »körperliches Sehen«. An manchen Stellen kontrastiert sie diese Sicht mit dem »spirituellen Sehen« und spielt damit auf ein Wissen an, das nur durch direkte physische Wahrnehmung erworben werden kann – die wiederum weder eine visuelle noch eine sonst irgendwie sinnliche ist. Es ist eine Art des Sehens, die gleichzeitig ein Gefühl und ein Wissen ist.

Die italienisch-katholische Franziskanerin und Mystikerin Angela von Foligno hatte ihre eigenen Offenbarungen, darunter mehrere lebhafte Begegnungen mit Christi totem Körper. Diese Visionen konzentrierten sich hauptsächlich auf die Wunde zwischen seinen Rippen, die ihm mit einer Lanze zugefügt wurde und die auf so vielen mittelalterlichen Kreuzigungsdarstellungen zu sehen ist. In ihrer ersten Vision sah Angela sich selbst, wie sie ihren Mund an die Wunde legte und sein Blut trank. Als Nächstes sah sie ihre Seele schrumpfen und in Jesu Bauchraum verschwinden. Schließlich *wurde* sie zu seinem Körper, verschmolz mit seinem Fleisch und löste sich in ihm auf. Galater, 2:20: »Ich lebe, doch nun nicht ich, sondern Christus lebt in mir.«

Angela zeichnete ihre göttlichen Begegnungen nicht selbst auf. Sie berichtete ihrem Schreiber davon, der gewissenhaft versuchte, sie zu beschreiben. Anscheinend bat Angela ihn häufig, Passagen zu überarbeiten, die sie für ungenau oder nicht zufriedenstellend befand. So veränderte sie den Textkorpus, um ihn ihren eigenen körperlichen Erfahrungen anzupassen. Wenn also eine mystische Begegnung eine Art spirituelle Sendung enthält, dann ist der Körper der Mystikerin das Medium, das die Botschaft empfängt. Der Körper ist die ursprüngliche Stätte der Einschreibung und die Stätte der Einschreibung nicht übertragbar. Damit das Wissen so gut wie möglich in Text übersetzt werden kann, muss der Körper gelesen werden. Daher werden »Körper – innere und äußere, materielle und spirituelle – zu Text«, wie die Religionswissenschaftlerin Amy Hollywood es formuliert. Im Gegenzug muss der daraus resultierende *Corpus* lebendig gemacht werden, um wie der Körper zu werden, dem er ähneln soll. Dieses gleichzeitige Entstehen von Text und Körper steht im Christentum parallel zu der Inkarnation Christi – »und das Wort ward Fleisch« (Johannes 1:14).

Mystische Texte wie Julianas und Angelas sind oft repetitiv, widersprüchlich, zyklisch; sie atmen und schlagen. Das Lesen dieser Texte kommt einer Interaktion gleich – es verlangt, wie Hollywood meint, eine Art radikale Versunkenheit der Leserin, um die Selbstaufhebung der Autorin zu spiegeln. Mittelalterliche mystische Texte werden oft von Bildern begleitet, die aus den Worten herausspringen. Oft sind es Darstellungen von Christus und anderen Figuren. Die Wunde Christi wird manchmal als eigenständiges Körperteil gezeigt, eine (sehr vaginale) Öffnung der Seite, in die Leserinnen hineinblicken können. Einige der Manuskripte, auf denen der Körper Christi zu sehen ist, zeigen den Schnitt in seinem Torso gar als einen Riss im Papier, den man andächtig streicheln und küssen kann.

3.

Das Extreme der emotionalen und physischen Erfahrungen weiblicher Mystikerinnen spiegelt sich oft in Berichten über das Erdulden oder das Transzendieren von Schmerzen. Die Betonung auf den Körper als Stätte der Begegnung – durch Leiden oder Ekstase – geschieht zeitgleich oder schafft Platz für die spirituelle Begegnung. Die Grenzen des Körpers lösen sich auf, und gleichermaßen die Grenzen der Seele. Hollywood erklärt: »Im vor- und frühmodernen Christentum verband man Frauen mit dem Körper, seiner Durchlässigkeit, Offenheit und Verletzlichkeit. Weibliche Körper wurden als labiler und veränderbarer angesehen, als anfälliger für emotionale Veränderungen, und als zugänglicher für Penetration – sei es von Gott, Dämonen oder anderen Menschen.« Das setzte eine Bedeutungsverschiebung voraus, von »der behaupteten spirituellen Durchlässigkeit von Frauen hin zu ihrer physischen Penetrierbarkeit« und umgekehrt.

Das Argument, dass die weibliche Erfahrung dieser Durchlässigkeit auf einer biologischen Grundlage basiert, ist nicht neu. Die Philosophin Nancy Hartsock schreibt zum Beispiel in »Feminist Standpoint« von 1983: »Die weibliche Physiologie enthält eine Reihe von Abgrenzungsschwierigkeiten – Schwierigkeiten, die es unmöglich machen, eine rigide Trennung von der Objektwelt aufrechtzuerhalten. Menstruation, Koitus, Schwangerschaft, die Geburt, das Stillen – all diese Dinge sind Herausforderungen für die Grenzen des Körpers.«

Hartsock argumentiert weiterhin, dass diese »Abgrenzungsschwierigkeiten dafür verantwortlich sind, dass Empathie ein grundlegender Bestandteil der weiblichen Identität ist, und dass sie große Kapazitäten haben, die Bedürfnisse und Gefühle anderer als ihre eigenen zu empfinden ... im Zusammenhang mit und in Bezug auf die externe Objektwelt.« Einer solchen Theorie zufolge basiert der weibliche Organismus auf einer Durchlässigkeit des Selbst und damit auf einer grundlegend offeneren und empathischeren Beziehung mit der Welt.

Der physiologische Essentialismus und biologische Determinismus dieser feministischen Theorien wird nicht selten kritisiert. Basiert diese Identifikation mit der Welt, auch wenn sie sinnbildlich für die weibliche Erfahrung ist, wirklich auf binären körperlichen Grundlagen? Stellt die angeblich »natürliche« weibliche Kapazität für Empathie nicht auch nur ein Werkzeug da, um eine soziale Klasse aufrechtzuerhalten, die den Hauptteil der emotionalen Arbeit machen soll? Man könnte genauso gut argumentieren, dass physische Durchlässigkeit zu mehr Widerstand gegen die Infragestellung von Grenzen führt, anstatt anzunehmen, dass sie empfänglicher dafür macht.

Hollywood konzentriert sich zum Beispiel auf die Dekonstruktion der epistemologischen Aufteilung von männlicher und weiblicher Mystik, die solchen Unterscheidungen innewohnt. Die Idee, dass die mystischen Begegnungen von Frauen mit dem Göttlichen auf dem Emotionalen oder Körperlichen beruhen anstatt auf dem Theologischen oder Intellektuellen, hält ihre Erkenntnisse dauerhaft von den Systemen des kodifizierten rationalen Wissens fern. Anstatt zwei verschiedene epistemologische Stränge zu erhalten, so Hollywood, sollte die Kategorie des empirischen Wissens ausgeweitet werden.

4.

»Was moderne Leser an mittelalterlichen Diskussionen am merkwürdigsten finden«, schreibt die Mediävistin Caroline Walker Bynum, »ist ihr extremer Realismus und Materialismus.« Sie erzählt von ernsten, bitteren Debatten im 12. und 13. Jahrhundert über den genauen Verlauf einer Wiederauferstehung – kann man durch einen Fingernagel allein wiedergeboren werden, oder muss der Körper intakt vergraben werden? Würde ein Fötus als Erwachsener wiederauferstehen? Wenn ein Körper von Gott Leben eingehaucht bekäme, würde er auf dieselbe Art sehen, riechen und schmecken? Wie Bynum schreibt: »Was an ›mir‹ muss erstehen, damit der auferstandene Körper ›der meine‹ ist?« Oder, allgemeiner: »Ist Materialität eine Voraussetzung für das Menschsein?«

Wie absurd uns diese Fragen heute auch erscheinen mögen, Bynum stellt fest, dass zeitgenössische Debatten über die Beziehung zwischen dem Selbst und der Materialität aus denselben Sorgen entspringen. Organspender bestehen zum Beispiel oft darauf, dass ein »Teil« ihrer selbst im Körper des Empfängers weiterlebt, oder dass sie eine spirituelle Beziehung zu dem Empfänger spüren. Befürworter der Kryogenik diskutieren, ob es für eine zukünftige Reanimation nur des Gehirns bedarf, oder ob man dafür den gesamten Körper einfrieren muss. Auch der Reiz und der Terror der »Singularität«, der Verschmelzung von Mensch und Maschine, weist auf dieses tiefe Unbehagen hin. Bynum versteht diese Beispiele nicht so sehr als Auseinandersetzungen mit dem »Gegensatz zwischen Körper und Geist«, sondern als Versuche, die »Integrität im Gegensatz zur Korrumpierung oder Spaltung« zu verstehen. Also: wie viel von einem Selbst ist man selbst.

Die Vorstellung eines ganzheitlichen, begrenzten Ichs, das unverdorben und unversehrt bleibt, ist in der Tat eine Voraussetzung für das, was man Zurechnungsfähigkeit nennt. »Die meisten Menschen haben das Gefühl, sie entstanden, als ihr Körper entstand, und sie enden, wenn ihre Körper sterben«, schrieb der Psychologe R. D. Laing 1955 in seinem Buch über Schizophrenie, *Das geteilte Selbst*. Einen Menschen, der sich selbst als »echt, lebend und unversehrt« betrachtet, bezeichnet Laing als »ontologisch sicher«, während ein »ontologisch unsicherer« Mensch keinen solchen »festen Sinn für die eigene Realität und Identität und die anderer« als zwei verschiedene Dinge besitzt.

So gesehen ist der Wahnsinn die dystopische Version der Selbstaufhebung. Wenn die Grenze zwischen dem körperlichen Selbst und der Umgebung zu porös wird, begreift der ontologisch unsichere Mensch das Nicht-Sein als puren Horror. Aber für die Mystiker, vor allem für die nicht-männlichen, ist die *willentliche* Selbstzersetzung die Voraussetzung für Transzendenz und Kontakt zum Göttlichen. Die Mystikerin findet ihr Glück in der Auflösung des Selbst – in seiner »Korrumpierung und Spaltung« auf dem Weg ins Nichts. Der Verrückte kämpft aus Angst mit allen Mitteln um ontologische Sicherheit. Die Mystikerin dekonstruiert das Selbst aktiv im Namen der Liebe.

LEON DISCHE BECKER

Das Rasta-Wunder

Wer heutzutage eine Religion gründet, muss sich damit abfinden, dass Wunder nicht mehr in aller Öffentlichkeit geschehen. Der Gottesmann von heute, auf der Suche nach göttlichen Offenbarungen, muss geduldig darauf warten, dass sie in seinem Kopf erscheinen. Eine ins Wunderbare gesteigerte Vorstellungskraft ersetzt die übernatürlichen Ereignisse, die neue Religion wird zum eigentlichen Wunder. Aber vielleicht war das schon immer so. Auch wenn neue Religionen auf uns wie Sekten, ihre Gründer wie Schwindler, ihre Glaubensinhalte wie Lügenmärchen wirken, sind die Symptome, die der neue Glaube hervorbringt, von denen ihrer abrahamitischen Vorläufer nicht zu unterscheiden. Sie lösen die gleichen Leidenschaften, die gleichen neurotischen Rituale aus – und haben die gleichen unbeabsichtigten Konsequenzen. Auch sie haben das Potential, die Kulturen, deren Produkt sie sind, tiefgreifend zu verändern. Kein neueres religiöses Projekt illustriert die radikalen Möglichkeiten dieses Prozesses beispielhafter als Rastafari. Kein Glaube ist erkennbarer von Menschenhand geschaffen – und schlicht unwahr – als der jamaikanische Kult der Verehrung des inzwischen verstorbenen äthiopischen Kaisers Haile Selassie als lebendigen Gott. Keine Glaubensbewegung hat der empirischen Wirklichkeit radikaler und bei jeder Gelegenheit widersprochen. Und trotzdem ist sie eines der erfolgreichsten spirituellen Projekte unserer Zeit. Die Rastafari-Religion hatte unverkennbare Auswirkungen auf ihre Heimatinsel und von dort aus auf die Welt. Sie formalisierte eine spirituelle Verbindung zwischen den Jamaikanern und ihrer afrikanischen Herkunft, während sie sich auf der ganzen Welt als beliebte, wenn auch meist missverstandene, antikoloniale Protestkultur ausbreitete. In Anbetracht ihrer umständlichen Grundlage grenzt dieser Erfolg an ein Mirakel. Die unwahrscheinliche Geschichte des Rastafari, seiner Schöpfung, seiner Entwicklung und seines Überlebens, ist voll zeitgenössischer Wunder, von denen einige gebührend zu würdigen im Folgenden versucht werden soll.

Das Mirakel, Gott anzublicken

Wir beginnen mitten in der Geschichte, mit dem grundlegendsten aller Wunder: dem Anblick des leibhaftigen Gottes. Zehntausende Rastas erlebten diese göttliche Begegnung, wobei die Tatsache, dass die Herabkunft des Gottes auf entschieden menschliche Weise erfolgte, nämlich per Flugzeug, und bei einem banalen Staatsbesuch, das Wunder nicht schmälert.

Die Nachricht seines Kommens löste eine regelrechte Wallfahrt aus. Auf Fahrrädern, in Bussen, per Anhalter strebten die Rastas, manche mit ihrer gesamten Habe, quer über die Insel dem Flugplatz zu. Sie warteten entlang der angekündigten Route, eingekeilt in eine Menge profaner Zaungäste – die größte freiwillige Versammlung der jamaikanischen Geschichte –, alle gen Himmel gerichteten Blicks. Die Ältesten unter ihnen hatten zu diesem Zeitpunkt schon über dreißig Jahre lang auf seine Ankunft gewartet und zwischenzeitlich eine vertrackte Religion um ihn entwickelt. Was hatte er nicht alles inspiriert: eine Reihe von Sekten, eine neuartige Philosophie, ein völlig neues Bibel- und Geschichtsverständnis, eine Vielzahl mündlich tradierter Erzählungen, Verordnungen und Vorschriften, einen Dialekt, eine einmalige Küche, verschiedene Haartrachten, Kleidermoden und eine Musikrichtung, kurz: eine umfangreiche Kultur. Von all dem hatte der Kaiser, äthiopischen Berichten zufolge, kaum etwas mitbekommen.

Sein Flug hatte zwei Stunden Verspätung. Das launische Wetter versah die Landung mit einem vorteilhaften Akzent. Ein Regenschauer durchnässte die Menge, dann trat die Sonne hervor und mit ihr Selassies Maschine. Passend zum Anlass durchbrachen die wartenden Rastas die Sicherheitsgitter, umringten das Flugzeug und begannen, ihre Bräuche zu verrichten. Sie schwenkten ihre schwarz-grün-roten Fahnen, rauchten Marihuana, trommelten und verdammten in Sprechchören Babylon. All das wird auf den orthodox christlichen Kaiser eher befremdlich gewirkt haben. Von der Existenz der Rastas wusste er. Drei von ihnen hatten ihn sechs Jahre zuvor in seinem Königreich besucht, aber sie hatten die Anweisung eines Beraters (»es würde ihn aufregen«) befolgt und die Sache mit Gott nicht erwähnt. Bestimmt hatte er nicht gewusst, dass es so viele waren. Er tat, was man von jemandem in seiner Lage erwartet – er blieb im Flugzeug und wartete, dass die Polizei den Weg freiräume. Aber die Gläubigen wollten nicht weichen. Sie wollten ihn in Empfang nehmen, dazu waren sie schließlich gekommen. Die Vorstellung, er könnte dabei verletzt oder zu Tode kommen, widersprach in vielerlei Hinsicht ihrer Glaubenslehre.

Nach fünfundvierzig Minuten Bedenkzeit trat er schließlich aus dem Flugzeug und hinein in einen rasenden Applaus, den er mit einer rautenförmigen Geste beantwortete, die die Rastas auf der Stelle zu ihrem Markenzeichen machten. Als er die Menge genauer ins Auge fasste, begannen Tränen über sein Gesicht zu rinnen – ob aus Rührung oder aus Angst ist immer noch umstritten. Die meisten weltlichen Zeugen sprachen später von einem Schock, während die Rastas, die in seiner Nähe waren, ihn die Worte »Ich bin ER« wispern hörten. Er forderte einen Mann auf, ihm beim Aussteigen zu helfen: Mortimo Planno, der einzige Rasta mit Dreadlocks, der ihn in Äthiopien besucht hatte. Planno, der schlaueste Rasta der Insel, dessen diplomatische Fähigkeiten seine Religion immer wieder vor dem Untergang bewahren sollten, teilte mit einem Wink seiner Hand das Menschenmeer.

Selassie fuhr an Kilometern hoffnungslos begeisterter Gesichter vorbei, bis ein Rasta die Autokolonne zum Halten brachte, indem er die von der Armee gesicherte Absperrung überwand, sich auf der Kühlerhaube drapierte und den Kaiser anflehte, sich sein Gesicht zu merken. Ob der Kaiser verstand, was hier vor sich ging? Wusste er, dass es Zehntausende weiterer solcher Menschen auf dieser Insel gab, die sich uneins darüber waren, ob er Gott, der zweite Messias oder die gesamte Dreifaltigkeit sei, das Resultat fortgesetzter Schismen? Wusste er, dass sein Erscheinen bedeutete, dass ihre Repatriierung nach Äthiopien unmittelbar bevorstand, einer der wenigen Punkte, in dem sich alle Rastas einig waren? Sie hatten ihre Sachen nicht gepackt, nur um einen kurzen Blick auf ihn zu werfen; sie erwarteten von ihm in Übereinstimmung mit ihrer Interpretation der Heiligen Schrift, dass er sie auf einen Schlag in ihr Gelobtes Land zurückversetze. Das war seine praktische Funktion in ihrem Glauben.

Selassie reiste drei Tage später wieder ab und ließ sie zurück, aber ihre Zahl wuchs, und sie warteten weiter auf ihn. Dann vermeldete man seinen Tod, und trotzdem warteten sie weiter, und heute warten noch mehr. Wie ist das möglich? Oder, mit den Worten des Reggae-Sängers Sizzla: »Who are those standing at your door / In Ethiopian Clothes, coming more and more?«

Der Zauberpfad im Labyrinth

Die Soziologie hat alle Anstrengungen unternommen, ein Gerüst von Regeln zu formulieren, nach denen neue Religionen entstehen. Sie bedient sich dabei der scheinbar rätselhaften Metapher des »Mazeways«, des Zauberpfades: Wenn eine Gruppe das Gefühl hat, das etymologische System, in dem sie sich bewegt, biete keinen Weg mehr an, ihre besonderen Erfahrungen einzuordnen , ist sie bereit, einen neuen Weg einzuschlagen. Einfach ausgedrückt: Sobald die existierenden religiösen Angebote den sich weiterentwickelnden Identitätsmerkmalen eines Volkes nicht mehr entsprechen, entsteht ein Markt für einen neuen Glauben. Diese Erklärung beschreibt exakt die religiöse Lücke in Jamaika, aus der Rastafari hervorging. Die mehrheitlich aus Afrika stammenden Einwohner der Insel waren von ihren weißen Sklavenhaltern unter Zwang zum Christentum bekehrt worden. (Tatsächlich folgte das eine dem andern auf dem Fuß, wie C. L. R. James einst unvergesslich beschrieb. Zuerst wurde der Sklave von seinem Herrn gebrandmarkt, dann vom Priester getauft.) Seither waren immer wieder Versuche unternommen worden, den christlichen Glauben aus dem Kontext der Zwangsbekehrung durch die Weißen herauszulösen. Die ersten Sklaven, die man gezwungen hatte, Christen zu werden, entwickelten eine auf dem Alten Testament beruhende Fixierung auf die Geschichte »der Kinder Israels«. Sie glaubten, Gott werde sie in ihr Gelobtes Land, nach Afrika, zurückführen. Mit der Entstehung des schwarzen Nationalismus im 20. Jahrhundert bauten zahlreiche Glaubensrichtungen diese Vorstellung aus: der Gott, den sie beschworen, sie zu ihren Wurzeln zurückzuführen, sah aus wie sie. Nation of Islam. Kwanzaa. Die Schwarzen Israeliten. Rastafari.

Aber diese Nachfrage erklärt noch nicht den speziellen Weg, der in Jamaika eingeschlagen wurde. Was die Geschichtsschreibung zur Gründung von Rastafari zu berichten weiß, ist bestenfalls verschwommen. 1960 hat der neokolonialistische Schriftsteller V. S. Naipaul die verschiedenen Versionen, auf die man sich einigte, mit dem für ihn charakteristischen Sarkasmus folgendermaßen zusammengefasst: »1930 wurde Haile Selassie gekrönt... Was dann kam, blieb rätselhaft. Verschiedene jamaikanische Prediger von einer Sorte, von der die Insel überquillt, kamen nach dem Studium der Bibel, Marcus Garveys und verschiedener Zeitungen zu dem Schluss, dass die schwarze Rasse in der Neuen Welt aus Äthiopiern bestehe, dass Äthiopien das Gelobte Land des Schwarzen Mannes sei, und Haile Selassie ein Gott; und diese letzte Heilsbotschaft begann sich dann mehr oder weniger um die Zeit seiner Krönung in den Slums von Kingston herumzusprechen.«

Wie in so vielen Beschreibungen der Rastafari-Religion wird auch in dem kurzen Prozess, den Naipaul dem Rasta-Glauben macht, die Gründung als ein Naturereignis dargestellt, oder, besser gesagt, als Wunder: Verschiedene Gottesmänner hatten auf einer 8000 Meilen von Äthiopien entfernten Insel spontan und völlig unabhängig voneinander etwas getan, was noch nie getan worden war, und ein fremdes Staatsoberhaupt als ihren Messias ausgerufen. Diese Theorie von der naturwüchsigen Entstehung der Rastafari-Religion mag hervorragend zu Naipauls Ansicht passen, die Jamaikaner seien ebenso »individuell und bedeutend« wie ihre Ziegen, und Rastafari sei eine »Neurose«, aber einer näheren Betrachtung hält sie nicht stand. Es gab tatsächlich einen Ur-Rasta – unklar ist bloß, wer das war, da verschiedene Leute Anspruch auf diesen Titel erhoben.

Vielleicht ist es auch irrelevant. Die Person, die eine Religion erfindet, ist nicht so wichtig wie die Person, die sie verbreitet. Jesus war schließlich auch nur der erfolgreichste unter den jüdischen Ketzern seiner Zeit. Der erste Jamaikaner, von dem man weiß, dass er Selassies Göttlichkeit predigte und der Bewegung anfangs ein Gesicht gab, war ein Mann namens Leonard Howell. Dieser These nach war die Gründung Rastafari-Religion keineswegs eine spontane Reaktion auf die Krönung. In Wirklichkeit wartete Howell jamaikanischen Polizeiakten zufolge zum Zeitpunkt von Selassies Thronbesteigung unter der

Anklage des schweren Diebstahls in Long Island auf seine Gerichtsverhandlung. Die göttliche Natur des Kaisers begann er erst nach seiner Deportation zurück nach Jamaika zu predigen, nach zwei Jahren Sing-Sing.

Auf Howell passt die Beschreibung, die man traditionell mit einem Sektenführer verbindet. Es gab immer wieder Leute, die in ihm halb einen Betrüger, halb einen Verrückten sahen; er hatte eine Neigung zur Polygamie, zeigte kein Interesse an der Trennung von Religion und Politik und war eigentlich ein Kleinunternehmer. Er arbeitete auf Schiffen, und um 1910 dann als Tellerwäscher in Harlem, wo er sich bald niederließ und es als Wunderheiler, als Betreiber einer Teestube und einer Baufirma zu einem gewissen Ruf brachte. Er galt als großzügig und witzig – er konnte mit jedem. Howell beschäftigte die Identität seiner Volksgenossen. Wie der größte Teil Harlems zu dieser Zeit war auch er in den Sog revolutionärer Politik geraten und ein Gefolgsmann des Jamaikaners Marcus Garvey und seiner Back-to-Africa-Bewegung geworden. Rastafari wurde offensichtlich geschaffen, um Marcus Garveys schwarzen Nationalismus in eine Religion zu verwandeln, in ein natürliches Medium für seine Reproduktion über die Generationen. Rastafari ähnelt damit vielen anderen Bewegungen des 20. Jahrhunderts, die zwischen Politik und Religion, Nationalismus und Spiritualität changierten (und noch immer changieren).

Zu ihrer Blütezeit war Marcus Garveys transnationale »Universal Negro Improvement Association« die größte schwarze politische Organisation der Geschichte. Sie konnte eine Million Anhänger in der Neuen Welt und im Afrika südlich der Sahara vorweisen. Harlem war der Mittelpunkt. Von hier aus machte Garvey von sich reden, mit seinen Zeitungen, seinen emotionalen Ansprachen und seinen uniformierten Paraden, die er, gekleidet wie Napoleon, in einem Rolls-Royce anführte – Strategien, von denen er später behauptete, die europäischen Faschisten hätten sie von ihm abgekupfert. Wie andere bedeutende Nationalisten machte Marcus Garvey es zu seinem Lebenszweck, seine Anhänger an ihre glorreichen Ursprünge zu erinnern. In seinen Predigten sang er das Hohe Lied Afrikas und der Schönheit der Schwarzen und verkündete die spirituelle und schließlich auch physische Repatriierung ins Mutterland. Ein Großteil dieser Inhalte war schon lange Teil des Diskurses der schwarzen Gemeinden in der gesamten Neuen Welt gewesen, aber nie zuvor waren sie so effektiv und in einer solchen Größenordnung an den Mann gebracht worden. Garvey veränderte das Bild, das die Afroamerikaner von sich selbst hatten – darin ist man sich heute einig. Anstatt sich auf die Politik zu verlassen, machte er den Versuch, die Kultur direkt zu verändern, und verlagerte den Krieg auf das Feld der Symbole, so wie später die Rastas.

Mit der Gründung der Black Star Line, einer Schifffahrtslinie, die sich durch Crowdfunding finanzierte und die den Reise- und Güterverkehr zwischen Afrika und dessen Diaspora fördern sollte, weckte Garvey selbst messianische Erwartungen. Mehrmals lockte die Nachricht von der Ankunft eines seiner Schiffe Hunderttausende von Afroamerikanern an entlegene Häfen. Oft kam gar kein Schiff an. Garvey, ein geborener Verkäufer und miserabler Manager, hatte die Büros seines Frachtgeschäfts mit Neulingen, Gewohnheitsdieben und FBI-Saboteuren bemannt, letztlich ein tödlicher Fehler für das Unternehmen. Garvey wurde schließlich fälschlicherweise des Postbetrugs angeklagt und, als sein Versuch, sich selbst zu verteidigen, in einem Fiasko endete, verurteilt und fünf Jahre vor Howell zurück nach Jamaika deportiert. Einer seiner letzten Erfolge – bevor er (nach der Lektüre eines vernichtenden Nachrufs, der vorschnell seinen Tod meldete) an einem Schlaganfall starb – war ein Zufallstreffer: eine seiner berühmten rhetorischen Stilblüten regte die Erfindung von Rastafari an. Ein Kommentar, den Garvey anlässlich der Krönung von Haile Selassie verfasst hatte, erweckte im Nachhinein den Eindruck, als hätte er vor seinem Tod den Messias-Stab an den Kaiser weiterreichen wollen: »Der Psalmist hat es prophezeit, Prinzen werden aus Ägypten kommen und Äthiopien wird Gott seine rettende Hand reichen … Kein Zweifel, die Zeit ist nahe.«

Die Gründerväter entschieden sich, den letzten Ausspruch wörtlich zu nehmen, und zwei Jahre darauf erschien Howell in Kingston mit einer neuen Lebensgeschichte, wonach er Selassies Krönung miterlebt habe und soeben aus Afrika zurückgekehrt sei. In ihrem glänzenden Buch *Der erste Rasta* hält Helene Lee den Moment fest, in dem Howell die verhängnisvollen Punkte miteinander verband: »Howell hatte eine Vision. Er sah es vor sich! Das war es, was die Leute brauchten: Eine königliche Erscheinung, mit der sie sich identifizieren konnten.« Lee lässt offen, welcher Art die Vision war: göttlich, politisch? Oder handelte es sich um eine Geschäftsidee? Denn es war all das zusammen, was Howell dann, wie ein Wirbelwind durch die Slums von Kingston und St. Andrew stürmend, jedem, der es hören wollte, verkündete: nämlich dass der schwarze Messias erschienen sei, um die afrikanische Diaspora zu befreien; dass dadurch das Machtgefüge der Welt auf den Kopf gestellt werde; dass die existierenden Monarchen und Kirchen verrucht seien und nun ersetzt würden; dass Äthiopien und nicht Jamaika ihre Heimat sei, und dass sie alle bald dahin zurückkehren würden – zentrale Lehrsätze der Rastafari-Religion, die bis heute gelten. Und er fügte hinzu, er verkaufe Ansichtskarten von Haile Selassie, ein Shilling pro Stück, bestens geeignet, um mit dem Kaiser in Verbindung zu treten. Die Bedeutung der Postkarten sollte er später noch unterstreichen; sie hätten zudem den Vorteil, bei der Ankunft des Kaisers als Pässe zu dienen.

Straßenprediger im damaligen Jamaika standen in einem harten Konkurrenzkampf; Howell muss sich dabei gut geschlagen haben. Rasch waren fünftausend Kopien des göttlichen Konterfeis verkauft, und bald hatte er eine Gefolgschaft von Jüngern um sich geschart, die sich auf die Suche machten nach Beweisen für die göttlichen Eigenschaften des Kaisers und deren mögliche Implikationen. Aus Jüngern wurden Forscher. Und die entsprechenden Beweise fanden sich: Selassies Stammbaum (Blutsverwandtschaft mit König Salomon!); die Titel, die ihm bei der Krönung verliehen worden waren (König der Könige – das hatte doch etwas zu bedeuten); einen Artikel der Zeitschrift *National Geographic* über die Krönung (der Duke of Gloucester hatte sich vor Selassie verbeugt). Beim Durchkämmen der King-James-Bibel auf Hinweise und Vorhersagen stieß man auf eine Menge unheimlich frappierender Passagen. Das Kronjuwel der Argumentation bestand in einer zweiten Äußerung von Marcus Garvey, diesmal aus der Zeit vor der Krönung Selassies, also in einer Prophezeiung: »Schaut auf Afrika, wenn ein schwarzer König gekrönt werden wird, denn dann ist der Tag der Erlösung nahe.« Der Satz stammte aus einem Theaterstück, das Garvey 1927 geschrieben hatte, und er meinte höchstwahrscheinlich sich selbst. Garvey wurde von den Rastas zum Propheten gesalbt, und Selassie zum wiedergeborenen Christus und lebendigen Gott: Auffassungen, die den ungebrochenen Optimismus befeuerten, der die Rastas bis zum heutigen Tag auszeichnet und am Leben erhält. Ihre Repatriierung stand unmittelbar bevor, das Wunder vor der Tür.

Eine wundersame Evolution

Aber wann würde es eintreten? Eine Wiederkunft entfaltet normalerweise unmittelbar ihre Wirkung. Die Rastas zogen ihre Visionen zu Rate und kamen zu dem Schluss, dass sich die göttliche Repatriierung höchstwahrscheinlich zum 100. Jahrestag der jamaikanischen Sklavenemanzipation vollziehen sollte. Im August 1934 würden Haile Selassies Schiffe anlegen und jeden Mann, dem ein Bart spross und der bis dahin im Besitz einer von Howells Postkarten war, nach Äthiopien bringen. Es ist nicht schwer zu begreifen, wie attraktiv diese Art von Eskapismus auf das städtische Proletariat von Jamaika wirken musste, das auf einer Insel lebte, die früher aus einem großen Netzwerk von Konzentrationslagern bestand und immer noch von den einstigen Sklavenhaltern regiert wurde. Bald zogen Howells Predigten nicht nur die Aufmerksamkeit einer wachsenden Anzahl von Unterstützern, sondern auch der Kolonialbehörden und -medien auf sich.

In ihren ersten Jahren, schreibt Naipaul, »hatte man in den Rastas harmlose, umherirrende Verrückte gesehen, nur dass sie durch ihre Gleichgültigkeit gegenüber allem, was Schmutz ist, noch abstoßender wirkten... Dein Gärtner beginnt sich merkwürdig zu verhalten, redet auf einmal kryptisches Zeug, spricht von Äthiopien als dem Gelobten Land ... lässt sich einen Bart wachsen. Die Rastas haben ihn, also treib deinen Spaß mit ihm oder schmeiß ihn raus: Er ist fortan arbeitsunfähig.« Was Naipaul beschrieb, war genau die koloniale Sicht auf die Rastas (die er teilte) – mal abgesehen von dem Wort »harmlos«. In Wirklichkeit sahen die britischen Behörden, deren Vorfahren als Sklavenhalter in Jamaika mehr als anderswo in der Karibik mit Aufständen konfrontiert waren, in den Anhängern Howells nämlich eine ernste Gefahr. Das geht aus einem Bericht der Kolonialbehörde über eine von Howells Versammlungen deutlich hervor: »Wenn das jemand ernst nimmt, führt es zu Meuterei.« Und damit begannen die regelmäßigen Razzien gegen die Rastas: Sie wurden überfallen, man schor ihnen die Bärte, es kam zu massenhaften Festnahmen, man steckte sie ins Irrenhaus – wiederkehrende Erfahrungen im Leben eines Rasta unter der Kolonialherrschaft.

Indessen rückte der hundertste Jahrestag heran, aber es war kein Schiff in Sicht, und Howell saß im Gefängnis. Ein britisches Gericht hatte ihn wegen Aufruhrs verurteilt (angeblich hatte er die Queen als die »Große Babylonische Hure« bezeichnet, was er vehement bestritt). Zwei Jahre später tauchte er wieder auf, wieder einmal mit einer guten Idee im Gepäck: dem Aufbau einer autonomen Rasta-Gemeinde im Stil der Siedlungen, die die befreiten Sklaven im 18. Jahrhundert gegründet hatten. Leider musste das Projekt verschoben werden, denn Howell wurde in eine Irrenanstalt gesperrt. Zweifellos steckte die Kolonialbehörde ihn ins Bellevue, mit der Absicht, einen populären Vertreter der Black Liberation zu diskreditieren. Allerdings machte er es ihnen nicht gerade schwer: »Von seinen Anhängern wird eine so absonderliche Geschichte erzählt, dass ich schon glaubte, mich verhört zu haben. Aber als ich nachfragte, erzählten sie mir noch einmal, dass Mr. Howell auf einen Strommast geklettert sei und mit seinem Füllfederhalter den Draht abgezwickt habe. Dann habe er die Enden, die weiter Strom führten, in seine zwei Hände genommen, und der Strom sei durch ihn hindurchgeflossen. Es wäre zwecklos gewesen, sie zu fragen, was er mit seinem Füllfederhalter auf einem Strommast gesucht hatte. Dass er noch am Leben war, begriffen die Rastas als Wunder.«

Die Rastas bildeten von Anfang an verschiedene Fraktionen, ein Prozess, der schicksalhaft mit Ereignissen verknüpft war, über die sie keine Kontrolle hatten. Im Zusammenhang mit den Ereignissen des Jahres 1935 darf an die Tatsache erinnert werden, dass bei der Gründung einer neuen Religion vieles dafür spricht, sich entweder selbst zu einem Gott zu erheben (wie bei den Mormonen Joseph Smith) oder eine eindrucksvolle Persönlichkeit, die man kontrollieren kann (wie Nathan von Gaza), oder jemanden, der schon eine Weile tot ist (wie die Autoren des Neuen Testaments Jesus von Nazareth): So behält man die Kontrolle über seine Botschaft. Leute, die noch am Leben sind, in ihrer Abwesenheit ohne ihre Zustimmung anzubeten oder als Gott zu verehren, ist im Hinblick auf zwei Möglichkeiten erheblich riskanter: 1) Sie sind mit einer Operation, die du durchführst, nicht einverstanden, 2) ihr Verhalten widerspricht dem, was du behauptest. Ein Paradebeispiel: Als die italienischen Faschisten Äthiopien besetzten, floh der Gott der Rastas aus dem Gelobten Land, und ihr Prophet Garvey verhöhnte ihn öffentlich als Feigling. Für den jungen Glauben war Selassies Desertion ein traumatisches Ereignis. Trotz ihrer frenetischen Versuche, auf den Straßen Geld zu sammeln, erklärte die Kolonialbehörde den Rastafari intern für erledigt.

Ein Elaborat der italienischen faschistischen Propaganda, das in der jamaikanischen Presse als Nachrichtenbericht zirkulierte, gab der Bewegung neuen Auftrieb. Der Bericht behauptete, Haile Selassie verfüge über unerschöpfliche Goldreserven und eine geheime, 100 Millionen starke »Negerarmee«, die aus kleinen Zellen, »Niyabinghis«, bestehe und sich verschworen habe, die weiße Rasse zu vernichten. Die Rastas vernahmen diese Botschaft »mit sichtlicher Befriedigung«, wie Naipaul schalkhaft bemerkte. Bald darauf formierten sich in ganz Jamaika Niyabinghis; ihr ritueller Sprechchor lautete: »Tod den Weißen.«

Die Rastas sollten sich bis in unsere Tage hinein immer wieder spalten. Aber der Mangel an Reglementierung, der damals als der zentrale Schwachpunkt der Bewegung galt, war, wie sich mit der Zeit herausstellte, ihre größte Stärke. Es war ein Manko, das den Rastas die Möglichkeit gab, ihren Glauben zeitnah dem freien religiösen Markt anzupassen. Obwohl die neuen Führer in weiten Teilen an Howells Weltanschauung festhielten, interpretierten sie seine Vorlage immer wieder aufs Neue. Die Bewegung verzweigte sich. Ihre Seitentriebe brachten überraschend neue Varianten des Kultes hervor, die, wenn sie Beifall fanden, auch von anderen Fraktionen übernommen wurden. Die Rastas entwickelten sich zu einer Open-Source-Religion. Howell gründete, aus dem Irrenhaus entlassen, seine Siedlung. Bis sie nach Afrika zurückkehren konnten, wollten seine Anhänger das Land in sich neu erschaffen. Bald befehligte er die größte religiöse Siedlung der Insel und entwickelte sich dabei zu ihrem erfolgreichsten Ganja-Farmer und Polygamisten. Siedlungen gehörten bald zum Standard der Bewegung. Aber während Howell die religiöse Seite des Projekts eher auf die leichte Schulter nahm – einem britischen Journalisten, der Howells Siedlung besuchte und wissen wollte, wie es um das Beten bestellt sei, »schlug lautes Gelächter entgegen« –, nahmen seine Nachfolger sie bitterernst.

Young Black Faith (später YBF), eine neue Rastafari-Welle, die Mitte der fünfziger Jahre aufkam, betrachtete ihre Vorläufer als softe Heiden und kombinierte neue politische Militanz mit religiösem Fundamentalismus. Aber vorher mussten einige dieser fundamentalen Inhalte überhaupt erst festgeschrieben werden. YBF tat das beim sogenannten »reasoning«, was bedeutete, dass sich an der theologischen Debatte, die im engen Kreis der Gründerväter geführt worden war, von nun an die gesamte (männliche) Gemeinde beteiligen konnte. »Reasoning«, heute fester Bestandteil der Rastafari-Religion, zog weitere Neuerungen nach sich, die mit der Zeit nicht mehr wegzudenken waren. Nun genügte es nicht mehr, Marihuana einfach so zu rauchen, das Rauchen von Ganja wurde zum Sakrament erklärt. Wie sollte man die biblische Anweisung »Esse das Kraut« auch sonst verstehen? Wie sich herausstellte, bestärkte Marihuana den Glauben. Es war ein Mittel, die Herde in Erregung zu versetzen und gleichzeitig zu besänftigen, ein Mittel, ihre Rituale mit wahrhaft erhebenden Gefühlen zu verknüpfen. Wie alle Kiffer fühlten sich die Gläubigen im Einklang mit den Elementen, erkannten den Zauber in den kleinen Dingen, glaubten an ihre eigene Tiefe. Als einzige westliche Religion, die das Kraut heiligsprach, besaß Rastafari nun das Monopol auf eine außerordentlich wirkmächtige Empfindung.

Auf dieselbe Art und Weise wurden die Dreadlocks entwickelt. Die Young Black Faith entdeckte sie in einem Artikel des *National Geographic* über die kenianischen Mau-Mau-Rebellen, die damals aus dem Urwald heraus Überfälle auf die Briten unternahmen. Den Rastas gefiel die Haartracht der Guerilleros. Sie ähnelte einer Löwenmähne. Selassie hielt Löwen. Eine passende Bibelstelle war schnell gefunden. Schon in den Siebzigern wurde Kämmen für alle Rastas Anathema.

Wie alle Religionen wurde auch Rastafari von Menschenhand geschaffen – nur konnte man in diesem Fall gewissermaßen dabei zusehen.

Die ambitionierteste Neuerung der YBF war ihre Politik in Bezug auf das doch sehr zentrale Thema des Todes: Da Gott ein lebendiger Mann war und er in jedem seiner Anhänger lebte, konnte ein reiner Rasta gar nicht sterben. Wenn er trotzdem starb, mussten seine Brüder daraus schließen, dass sein Herz unrein war, und seine Familie auffordern, den Körper an sich zu nehmen und das Haus, in dem es geschah, neun Jahre lang zu verlassen, um eine Verseuchung zu vermeiden. Sie beriefen sich auf die Bibelstelle: »Lasst die Toten die Toten begraben.« Auch das wurde in der gesamten Bewegung zur Norm. So etwas wie ein Rasta-Begräbnis gab es nicht – die Gründerväter wurden von der äthiopischen orthodoxen Kirche begraben, und keiner ihrer Brüder nahm teil.

Und noch eine schlaue Innovation: Prinz Emanuel, der Gründer des Bobo Shanti Ordens, eines Seitenzweigs der YBF, erklärte sich selbst zur Reinkarnation Christi (Howell sollte gegen Ende seines Lebens auf dieselbe Idee kommen, nachdem er eine Messerattacke überlebt hatte). Die turbantragenden Bobo führten orthodoxe jüdische Menstruationsbestimmungen und Morgengebete um drei Uhr ein, ernannten Idi Amin zum Propheten, beschränkten Ganja, soweit es außerhalb religiöser Zeremonien geraucht wurde, und befahlen den Mitgliedern, Besen zu verkaufen (Babylon ausfegen!) und im Übrigen nur ihr Land zu bestellen. Keiner dieser Trends setzte sich durch.

In Erwartung der Errettung

Das, was alle Rastas miteinander teilten, war die Sehnsucht nach physischer Heimführung. Nach Howells Fiasko im Jahr 1934 war an die Stelle der Repatriierung die geistige Afrikanisierung getreten. Aber dann, 1957, sah es zum ersten Mal danach aus, als würde Haile Selassie seinen Kindern die rettende Hand reichen: Es verbreitete sich die Kunde, der Kaiser wolle den Afrikanern der Neuen Welt, die ihn in seinem Kampf gegen die Italiener unterstützt hatten, ein großes Stück Land in Äthiopien, in der Region Shashamane, stiften. Das einzige Problem war: Wie kam man dorthin? Die Antwort des Rasta-Marktes bestand im Angebot verschiedener Repatriierungsbemühungen, die an Optimismus dem Vorhaben Howells in nichts nachstanden. Diese Geschichten endeten für gewöhnlich mit wütenden Scharen wartender Männer.

1959 versuchte der ehrgeizige Claudius Henry, die Repatriierung auf eigene Faust durchzuführen, um die Spaltungen in der Rasta-Bewegung zu heilen. Er hatte Selassies Krönung aus einer New Yorker Nervenklinik heraus verfolgt und war aus den USA deportiert worden. Wie bei Howell war bei ihm der Betrüger vom Verrückten kaum zu unterscheiden. Als Reaktion auf eine Vision, Shashamane, und die kubanische Revolution, lud Henry Rastas aller Glaubensrichtungen ein, seiner Kirche beizutreten und am 5. Oktober des Jahres nach Afrika heimzukehren. Wieder sollten die Schiffe jeden mitnehmen, der in Besitz eines von Henry feilgebotenen Ausweises war. Und wieder warteten am Tag der Abreise Tausende enttäuschter Rastas mit ihren blauen Pässen aus Pappe und ihren Siebensachen. Weder ein Schiff noch Henry ließ sich blicken. Der Tag endete in Ausschreitungen. Henry wurde festgenommen, startete aber, kaum wieder frei, einen neuen Versuch. Die Polizei fing einen von ihm an Fidel Castro adressierten Brief ab, in dem er den kubanischen Führer und die gesamte indigene Bevölkerung einlud, Jamaika wieder in Besitz zu nehmen – die Afrikaner stünden vor ihrer Heimreise. Die Polizei nahm ihn unter Verdacht auf Landesverrat fest, stürmte seine Kommune und fand dabei genug Dynamit, um damit ein paar Tage lang eine kleinere Rebellion in Gang zu halten. Dann flog Henrys Sohn mit ein paar Freunden im Schlepptau aus den USA ein, um seinen Vater zu befreien. Eine Reihe von Überfällen, die er in den Blue Mountains mit seiner Truppe (à la Mau-Mau) auf die britischen Kolonialtruppen unternahm, führte zur Ausrufung des Ausnahmezustands, zum Einsatz Tausender britischer Soldaten und schließlich zum Ende der Schuldigen am Strang.

Unter den Rastas ging damals die nicht ganz unbegründete Angst um, die Regierung könnte versuchen, sie zu eliminieren. Das entsprach der nationalen Stimmung: man sah in den Rastas gewalttätige Fanatiker. Mortimo Planno, der Diplomat, hatte eine Einfall, durch den die Krise auf ziemlich brillante Weise beendet wurde. Er schlug vor, Soziologen und Anthropologen der University of the West Indies einzuladen, eine Studie über die Bewegung anzufertigen, um sie der Regierung vorzulegen. Reiseschriftsteller hatte der Kontakt mit dem Rastafari in der Regel nur verärgert, bei Anthropologen löst das Zusammentreffen mit eifernden Anhängern dieser verwirrenden Religion hingegen Begeisterung aus. Ihr Bericht führte recht rasch zu einem Umschwung der öffentlichen Meinung. Kaum jemand hatte bis dahin die Gründe für das unverständliche Verhalten der Rastas gekannt, kaum jemand gewusst, dass es sich zu einem nicht geringen Teil um eine Protestbewegung mit religiösen

Untertönen handelte. Die Vorschläge, die der Bericht enthielt, waren ein Triumph: Da die Rastas in ihrer überwältigenden Mehrheit friedlich seien, hätten sie es verdient, in Frieden gelassen zu werden; die Möglichkeit einer Repatriierung solle geprüft werden. Die Untersuchungskommission besuchte mit drei Rastas, unter ihnen Planno, Afrika. Er kam mit Orden ausgezeichnet und mit der Nachricht zurück, die Jamaikaner seien eingeladen, in Shashamane zu siedeln. Doch weder Selassie noch die jamaikanische Regierung dachten ernsthaft an die Finanzierung einer solchen Repatriierung. 1966, bei seiner Wiederbegegnung mit Planno, äußerte der Kaiser, nachdem er erstmals mit Rastafari-Massen in Kontakt gekommen war, diese seien zwar weiterhin in Äthiopien willkommen, zunächst aber sollten sie es sich zum Ziel setzen, ihre gute Arbeit in Jamaika weiterzuführen.

Selassie »verstörte die Vorstellung, dass ihn die Rastas als Gott verehrten«, so der Forscher Clinton Chisholm. Beim Anblick der Menge 1966 wurde der Kaiser von Mitleid überwältigt. 1970 entsandte er deshalb seinen Adjutanten Abuna Yesehac mit dem Auftrag nach Jamaika, dort die erste Niederlassung der äthiopischen orthodoxen Kirche zu gründen. »Ich möchte diesen Menschen helfen. Die Lage, in der diese Menschen sind, bricht mir das Herz«, zitierte Yesehac seinen Kaiser. »Hilf ihnen, den wahren Gott zu finden.«

Aber Selassies Besuch bewirkte nur, dass der jamaikanische Kult um seine Person weiter zunahm. Nun hatte die gesamte Insel den großen Haile Selassie mit eigenen Augen gesehen. Die Fixierung der Rastas schien nicht mehr so weit hergeholt. Noch nie seit Beginn der Bewegung war die Anzahl ihrer Anhänger so rasch gewachsen. Zu den neuen Sympathisanten gehörte ein gewisser Peter Tosh, der kurze Zeit später »Rasta shook them up« aufnahm. Sein Freund Bob besuchte damals seine Mutter in Delaware. Als er zurückkam, trugen Peter und sein Umkreis frisch sprießende Dreadlocks, und seine Frau schwärmte von den Stigmata, die sie auf Selassies winkender Hand gesehen hatte. Sie drängten Bob dazu, ebenfalls zu konvertieren.

Das Wunder Marley

Sich den Rastas anzuschließen war für einen halb-weißen wie Bob Marley alles andere als selbstverständlich, handelte es sich doch um eine bekennend schwarze Bewegung, die in Opposition zur weißen Oberklasse, wie auch der gemischten Mittelschicht, der Insel gegründet wurde. Aber auch das sollte sich ändern. Als Antwort auf das wachsende Interesse der Mittelklasse an den Rastas, öffneten 1968 die Twelve Tribes of Israel ihre Pforten – eine offenere, liberalere, mehr der Diskretion als der Show verpflichtete Muttergemeinde. Das führte zu einigen positiven Innovationen: Rassismus wurde geächtet, darauf wurde Wert gelegt. Frauen kamen zu Wort. Die Diskussion über die Repatriierung wurde versachlicht, die Frage ihrer Finanzierung rückte in den Mittelpunkt. In diesem Kontext wurden jetzt auch neue, nun bewusste Anstrengungen unternommen, populäre Musiker zu gewinnen. Mortimo Planno, der Diplomat, übernahm es, Bob Marley mit den Grundlagen der Rastas vertraut zu machen, so dass der Star schließlich konvertierte. Das hatte Folgen. Marleys spiritueller Reggae machte das lokale Ereignis Rastafari in wenigen Jahren zu einem internationalen Thema.

Unermüdlich wird betont, was Bob Marley für den Rastafari getan hat. Was auf jeden Fall schon mal stimmt: Tom Cruise kann Bob Marley nicht das Wasser reichen. Während Cruise durch seinen Scientology-Beitritt ein wenig unangenehm wirkt, vertonte Marley Rasta als weise, Ehrfurcht gebietende Weltanschauung. Die Rastafari-Gemeinden in Neuseeland, Südafrika und Südamerika und die »Jafakin«-Szenen in jeder größeren europäischen Stadt haben ihre Existenz im Wesentlichen Bob Marley zu verdanken. Davon, was er Rastafari alles verdankt, ist nicht so oft die Rede. Bevor er konvertierte, war er ein scheuer Provinzpoet, der eine Art jamaikanischen Motown spielte (und das nicht schlecht). Zehn Jahre später war er der jamaikanische Gandhi. Und das war nicht nur seinem Talent als Musiker und Texter zuzuschreiben. Es war sein Glaube, der ihn in den Augen der Welt von anderen Musikern abhob, der Geist des Rasta, der Marleys Stil, Botschaft, Aura und den einzigartigen Sound seiner Musik belebte.

Wie Garvey und viele andere Jamaikaner nach ihm, mussten Marley und seine Religion erst in Übersee populär werden, um auf der Insel Anerkennung zu finden. In linken Kreisen war Rasta schon vor Marleys Aufstieg ein bisschen schick geworden, aber als er ein Star war, erreichte die neue Religion ein so hohes Ansehen wie nie zuvor. Im Wahlkampf 1972 trat der jamaikanische Präsidentschaftskandidat Michael Manley mit einem Stab an, den ihm Haile Selassie überreicht hatte. Am Ende behauptete sein Gegenkandidat, auch er sei im Besitz eines solchen Stabes. Es war das erste Mal, dass Leute außerhalb der Rastas ihre Besonderheit anerkannten. Es hieß sogar, zunehmend konvertierten auch Afrikaner zur Rastafari-Religion. Und noch etwas – es sah ganz so aus, als wäre die Repatriierung machbar: Reiseerleichterungen, Rasta-Millionäre, von den Twelve Tribes organisierte Konzerte zur Finanzierung des Transports, Hunderte von Jamaikanern, die sich in Shashamane, Äthiopien, ansiedelten. Aber das Goldene Zeitalter der Rasta sollte bald ein Ende haben.

Selassies Himmelfahrt

1975 kulminierten die aus dem Dogma der Unsterblichkeit resultierenden Probleme. Der Gott der Rastas starb. Die kommunistischen Putschisten, die ihn entthront hatten, setzten die brutale Unterdrückung seiner Anhänger fort – in erster Linie die der jamaikanischen Siedler in Shashamane. Dass die Rastas in keiner Weise darauf vorbereitet waren, versteht sich von selbst. Was innerhalb der Gemeinde geschah, ist verschwommen. Sie verschloss sich. Man weiß nur, dass es zu »mehrfachen« Selbstmorden kam und alle Fraktionen sich schnell darauf einigten, dass die Nachricht bloß babylonische Propaganda und Selassie wohlauf und am Leben sei. Bob Marley war genau der richtige Mann, diese Botschaft zu verbreiten; es heißt sogar, er habe seine Religion mit diesem trotzigen Kampflied gerettet:

> Die Wahrheit ist eine Beleidigung, eine Sünde ist sie nicht.
> Wer zuletzt lacht, lacht am besten.
> Die Dummen sagen, Rasta, dein Gott ist tot.
> Aber ich, ich weiß ... Jah lebt!

Der Song »Jah Live« brachte Vorstellungen in Schwung, die von den Rastas aufgenommen und auf ihre gewohnte Weise weiterverarbeitet wurden. Auf dem Weg kollektiver »Reasonings« und selektiver Recherchen fanden sie das in Selassies Verschwinden steckende Wunder. Die Putschisten hatten ihn in einen Raum gesperrt – so die Version, der sie den Vorzug gaben –, und als sie wiederkamen, hatte sich der Kaiser in Luft aufgelöst. Bei seiner angeblichen Bestattung seien die Gebeine eines sehr viel größeren Mannes begraben worden. Haile Selassie werde wiederkehren wie Jesus. Und wieder war die Frage: Wann? Wie andere neuere religiöse Bewegungen schlugen sich auch die Rastas mit dem Problem der Zeit herum. Jede Prophezeiung hat ihr Verfallsdatum.

Noch schwerer wog, dass in Jamaika und in Äthiopien jetzt ganz allgemein eine Lage entstand, die den Glauben an einstige Prophezeiungen entscheidend unterminierte. Die erste Rasta-Generation, die erklärt hatte, der menschlichen Sterblichkeit entgehen zu können, starb nun selber aus. Auch Marley, die prominenteste Stimme der Rasta, starb, nachdem er zum orthodoxen christlichen Glauben konvertiert war. Der Gott der Rasta war in den Himmel aufgefahren, und das Heilige Land feindlichen Besatzern überlassen. Rastafari trat in ein Stadium ein, für das die Soziologie den Begriff der Formalisierungsphase geprägt hat. Es handelt sich dabei um die kritische Phase, in der die charismatischen Führer dahinsterben, die anfängliche begeisterte Erwartung neuer Wunder schwindet und die Notwendigkeit deutlich wird, dauerhafte Strukturen aufzubauen, um den Ideen der Bewegung eine feste Form zu geben. Im Kern geht es um die Frage, ob eine Sekte Kirche wird oder sich unter die erloschenen Formen der historischen Gottesverehrung einreiht. Unglücklicherweise sah es so aus, als wäre Rastafari entsprechend dieser Formel dazu verurteilt, in den Jahren nach Selassies Tod unterzugehen. Und tatsächlich begannen sich die größten Rasta-Gemeinden zu zersetzen, anstatt ihren Glauben zu formalisieren.

In den frühen Achtzigern schien es, als müsste Rastafari zusammen mit der jamaikanischen Wirtschaft verbluten – viele verließen ihre Muttergemeinde, oft in Richtung USA. Zugleich kam es zu einem Anstieg politischer Gewalt. Reagans Kokain überflutete Jamaika auf dem Weg von Südamerika zu den

Hauptabsatzgebieten in Amerika, eine Epidemie, die diese Generation jamaikanischer Männer regelrecht in die Zange nahm – auf ihrer Heimatinsel und im Exil, vor allem in Brooklyn und Miami. Aber viele von denen, die diese Jahre dort überlebten, kehrten zurück. Ein großer Teil von ihnen, der sich in US-Gefängnissen den Rastas (wieder) angeschlossen hatte, wurde – das hat inzwischen Tradition – zurück nach Jamaika deportiert.

In den Neunzigern schienen die Rastas vor einer neuen Blüte zu stehen. Wieder spielte die Verbindung zur Musikindustrie dabei eine entscheidende Rolle. Einige der erfolgreichsten Musiker der damaligen Dancehall-Szene konvertierten und stellten ihren Stil dementsprechend um. Buju Banton, die »Stimme Jamaikas«, machte den Anfang, Capleton folgte. Rechtschaffenheit wurde wieder großgeschrieben, eine Entwicklung, die mit dem Auftritt von Sizzla, einem von strengen religiösen Eiferern neu bekehrten einundzwanzigjährigen Sänger, ihren neuen Höhepunkt erreichte. In seiner mitreißenden Art hat er sich seither zum effektivsten Propagandisten der Rastas entwickelt. Als Anhänger der Bobo Ashanti, der militantesten und fundamentalistischsten Rasta-Sekte, hob Sizzla bei unbedingter Treue zu seinen religiösen Grundsätzen einen wunderbaren, packenden Reggae aus der Taufe. Sein Album »Black Woman and Child«, mit dem ihm der Durchbruch gelang, ist ein Wunderwerk reicher Instrumentierung und entwirft dabei ein konkreteres Bild der Rastas, als Marley es jemals gelang. Keine gängige Musik ist so doktrinär wie die seine. Und andererseits trifft keine andere Religion so den Nerv, dass sie wie Rasta in der Lage wäre, eine neue Form der Popmusik hervorzubringen. Ein Zyniker würde das, was Sizzla macht, als religiöse Propaganda bezeichnen; nobler wäre es, von großer religiöser Kunst zu sprechen.

Dank dieses Ausbruchs großartiger Musik, und dank einer Gesellschaft, die fortlaufend neue Gründe dafür liefert, bei Altehrwürdigem Zuflucht zu suchen, wandten sich immer mehr Jamaikaner wieder Selassie zu. Auch von außen wurde das Interesse an ihm genährt. Scharen befremdlicher Ausländer mit Dreadlocks besuchten die Insel. Die kulturelle Aneignung erreichte einen internationalen Höhepunkt. Rastafari wurde rund um den Globus als Lifestyle populär. Europäische und nordamerikanische Vor- und Innenstädte wurden Zeugen des weißen Rastas, konfuse gegenkulturelle Gestalten, gewöhnlich aus dem linken Spektrum, die oberflächliche Aspekte des jamaikanischen Glaubens als Rebellion gegen Babylon missverstanden und übernahmen. Aber Rasta verbreitete sich auch unter den städtischen Armen im heutigen Afrika und erst recht unter den Maoris Neuseelands und den Aborigines Australiens. Auch wenn es nicht leicht ist, die weltweite Rastafari-Population zu beziffern, da sich die echten Rastas gegen Volkszählungen sträuben und viele sich nur vorübergehend mit dieser Bezeichnung schmücken, haben Fachleute sich auf die runde Zahl von einer Million geeinigt.

Aber woran glauben diese Leute genau? Auf dem fein verzweigten Rasta-Markt sucht man sich seinen Glauben immer öfter selbst zusammen. In den Neunzigern schlossen die Twelve Tribes of Israel unter dem wachsenden Druck interner Widersprüche ihre Tore. Sowohl Niyabinghi als auch Bobo Ashanti brachen auseinander, übrig blieb eine Vielzahl kleiner Sekten. Wunder wurden nur noch im kleinen Kreis verkündet. Dermot Fargan, auch er ein aus einem US-amerikanischen Gefängnis nach Jamaika zurückdeportierter Gottesmann, machte sich zu Beginn des zweiten Millenniums auf in die Blue Mountains, Resultat einer Vision, bei der er Selassies Wiederkunft in einem UFO vorhersah. Mit etwa fünfzig Anhängern errichtete er ein kleines, sehr schönes Dorf, ausgestattet mit einer Landebahn, die zugleich als Markt dient; dazu überall Bilder Haile Selassies, wie er mit blutunterlaufenen Augen ein Flugzeug der Aliens steuert. Pastor Fargan hat schon verschiedene Male Selassies Wiederkunft und das damit verbundene Ende aller Tage vorhergesagt, aber jedes Mal verstrich der Termin ohne bemerkenswertes Ereignis. Dann eröffnete seine School of Visions ein kleines Hostel, das es Touristen ermöglicht, seine Science-Fiction-Version des Rastafari mitzuerleben. Es war ein futuristisch aufpolierter nostalgischer Rückfall, nicht mehr.

Die Rastas, die es ernst meinten, taten, was sie konnten, um sich den neuen Umständen anzupassen. 2010 kam es beim Tod von Mortimo Planno zu einer spontanen, massenhaften Zusammenkunft der Rasta, mit Trommeln, Sprechchören und Marihuana. Es war das erste Rasta-Begräbnis und als solches ein Beweis für die Anpassungsfähigkeit der Glaubenslehre der Rasta, aber auch einer tieferen Enttäuschung. Was nottat, waren dauerhafte politische Strukturen. Im September 2007, als die äthiopische Millenniumsfeier ohne die prophezeite Apokalypse verstrichen war, hatten sich die größeren Rasta-Sekten auf die Bildung einer Dachorganisation verständigt – ein erster umfassender Versuch, ihren seit fünfundsiebzig Jahren existierenden Glauben zu reglementieren und ihm eine Repräsentanz zu geben. Schon der Name der Organisation selbst, Ethio Africa Diaspora Union Millennium Council, bewies, wie viele Köche da am Werk waren, und tatsächlich bestand das einzige Vermächtnis der Initiative in Machtkämpfen und Frustration.

Wie kann eine ihrem Wesen nach so libertäre Bewegung mit einem so eingefleischten Misstrauen gegen alles, was zentralisierte Leitung heißt, völlig ihren Charakter ändern? Eine Transformation dieser Art verlangt einen starken Mann, und ein solcher ist in den jüngst vergangenen Jahren auf den Plan getreten. Der Reggae-Sänger Sizzla, dessen Gesangskarriere allmählich zu Ende geht, hat sich in den vergangenen Jahren der knallharten Mission verschrieben, die Führung der Glaubensgemeinschaft zu übernehmen. Kürzlich stahl er Berichten zufolge die von den Niyabinghi-Gemeinden gehüteten Stempel und bezahlte die Leiter anderer Sekten dafür, an einer inszenierten Zeremonie teilzunehmen, bei der er in das Amt des Rastafari-Präsidenten eingeführt wurde. Rastaführer, die sich weigern, sich seinem Kommando zu unterwerfen, behaupten, von Sizzlas Handlangern terrorisiert zu werden. Aber der Reggae-Sänger hat auch einiges zu bieten. Die Popularität seiner Musik und die Afrika-Tourneen, die sich daraus ergaben, haben ihm im Mutterland Verbindungen verschafft, die alles übertreffen, was andere Rastas der Insel vorzuweisen haben. Er beteuert, er habe, nach einem Auftritt für Mugabe, unbestelltes Land in Zimbabwe zugesichert bekommen. Neuerdings behauptet er, die Entsendung von Rasta-Delegationen in mögliche Siedlungsgebiete vorzubereiten, indem er auf Gespräche zwischen der Regierung Jamaikas und entsprechenden afrikanischen Staaten hinarbeite. Rastafari ist zu Machtpolitik verkümmert.

Etliche Generationen intelligenter, ambitionierter jamaikanischer Männer haben ihr Leben der Kultivierung dieses spirituellen Raums gewidmet – diesem Denkmal für den schleichenden Genozid der Sklaverei – und werden nun Zeugen seiner Selbstzerstörung. Aber vielleicht ist dieses strukturelle Scheitern ein Resultat ihres Erfolgs. Man kann Religion als die Basis aller Kultur begreifen, innerhalb einer Generation entfaltete sich aus dem Keim der Krönung von Haile Selassie ein verzauberter Kosmos, der die Insel veränderte, die ihn hervorbrachte. Die millennarischen Ziele der Rastas sind vielleicht gescheitert, und doch hat diese Religion beim Versuch, sie zu verwirklichen, etwas völlig Neues hervorgebracht. Aus dem Bestreben, Afrika in Ehren zu halten und am Ende dorthin zurückzukehren, ging stattdessen Jamaika als Heiliges Land hervor. Wenn aus den Wundern der Vergangenheit Pfeiler werden, Träger der Geschichten, die wir über uns selbst erzählen, brauchen wir keine zukünftigen Wunder mehr.

AUS DEM ENGLISCHEN VON ULRICH ENZENSBERGER

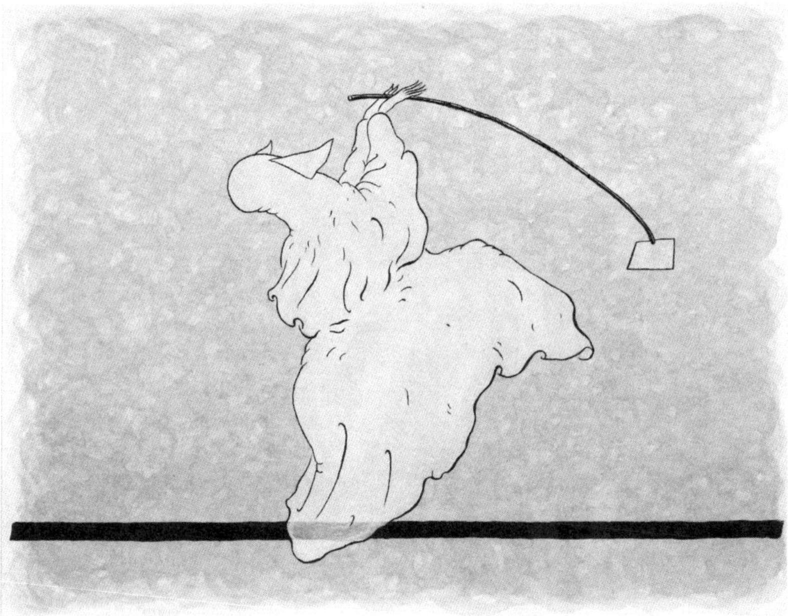

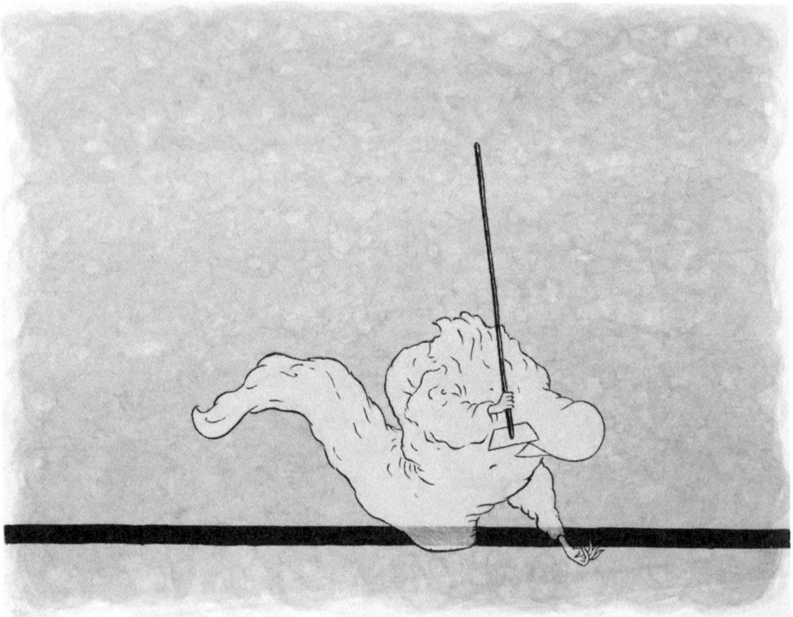

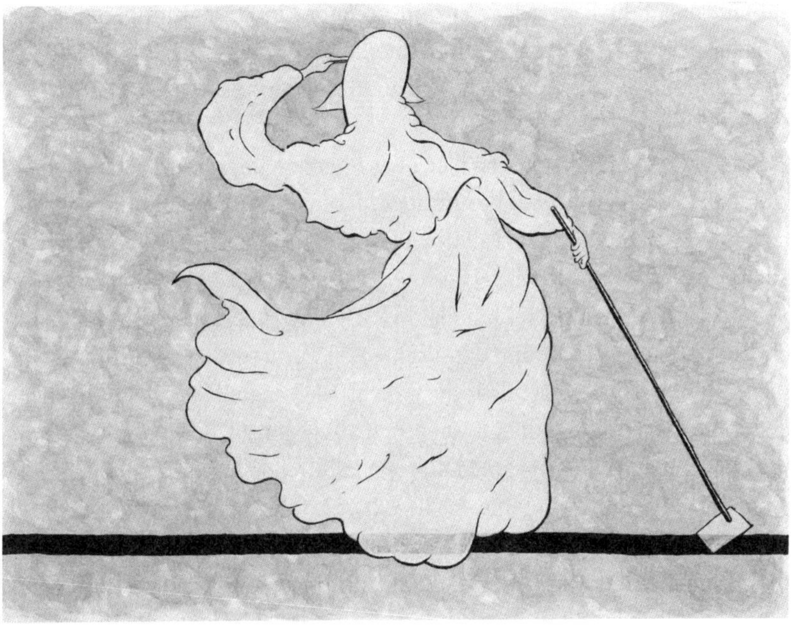

HELENE HEGEMANN

Auf schwankendem Boden

Vergangenes Jahr habe ich mich mit großem Einsatz darum gerissen, anlässlich der Verleihung des WELT-Literaturpreises an Virginie Despentes eine Laudatio auf die Autorin halten zu dürfen. Zu meiner eigenen Überraschung.

Ich bin kein guter Auftragskiller, eher Überzeugungstäter. Trotzdem lasse ich mich in der Regel lieber beauftragen, als dass ich mich aufdränge, ist einfacher. Was mich in diesem Fall trotzdem zum Aufdrängen veranlasst hat, ist auch einfach – eine große Begeisterung für Despentes' Romantrilogie »Vernon Subutex« über einen Plattenhändler in Paris, unternehmerische Mittelklasse, der zuerst sein Geschäft und dann seine Wohnung verliert. Es wird alles immer schlimmer. Aber irgendwie auch nicht. Weil er ein begnadeter DJ ist, der durch die Musik, die er auflegt, Menschen aus gegensätzlichsten gesellschaftlichen Realitäten, verschiedenen Klassen, kulturellen Zusammenhängen aufeinandertreffen und gemeinsam dieselben Erfahrungen machen lässt. Dadurch hebelt er gewisse Gesetzmäßigkeiten aus. Zu meiner Begeisterung über die Geschichte kam eine gewisse Verstörung hinzu; über die Rezeption der Romane, die flächendeckend als gut ausgewogene Sozialabhandlungen deklariert wurden, Kritiker schrieben über Despentes als »Gegenwartschronistin«, die authentisch einen Querschnitt der französischen Gesellschaft poträtiere. Das trifft zweifelsohne auf sie zu. Aber das Spezielle an diesen Büchern, der Grund dafür, dass niemand mehr aufhören kann, sie zu lesen, ist, dass Despentes weit darüber hinausgeht. Sie wird der Realität grade dadurch gerecht, dass sie streckenweise bewusst auf Realismus und Authentizität scheißt. Sie findet einen Weg, der *Magie* der Realität gerecht zu werden; durch Überhöhungen, von denen man nicht merkt, dass sie welche sind, weil jede unserer Existenzen aus aneinandergereihten Überhöhungen besteht und sie dieses Gefüge so präzise erfasst.

Eins der Geheimnisse dieser Bücher ist die Musik. Wenn ich das Wort »Wunder« höre, ist der Umgang mit Musik in Virginie Despentes' Büchern das erste, woran ich denke. Sollten Sie bei der Verleihung des Preises anwesend gewesen sein, können Sie gerne weiterblättern. Wenn nicht, wiederhole ich an dieser Stelle gern noch mal für Sie, wie Despentes die Musik des 20. Jahrhunderts und teilweise des 21. Jahrhunderts zur Grundlage der Liturgie einer Religion macht, die in 2000 Jahren aus den in den Romanen geschilderten Begebenheiten hervorgegangen sein wird. Sie benutzt die große musikalische Revolution, die in den Sechzigern losging und an Wirkung alles in den Schatten stellte, was zuvor als Unterhaltungsmusik stattgefunden hatte – als etwas, dass diese Wirkung nicht nur behält, sondern erst in Jahrtausenden vollständig entfaltet. Sie setzt David Bowie mit dem Neuen Testament in Beziehung, sie macht aus der bösen Figur des gedemütigten, dauerproduzierenden, gemeingefährlichen Kapitalisten am Ende einen Wiedergänger des Jesusverräters Judas und lässt diesen Judas dann eine Gruppe von Leuten abschlachten, deren Wort und Lebensform er danach zu einer Netflix-Serie machen und in der Welt verbreiten wird. Die Keimzelle einer neuen Religion.

Auf folgenden Gedanken bin ich in Diedrich Diederichsens Buch *Über Pop-Musik* gestoßen – das, was in der Pop- und Rockmusik zu Traditionen gerinnt, sind: Frauen, Jugendliche, Minderheiten und Migranten. *Ein Popmusik-Sozialisierter schließt niemals die Augen.* Pop macht die Abgehängten zu Idolen und dadurch zum Mittelpunkt.

Vielleicht ist das einer der Gründe, die Despentes dazu veranlasst haben, diese Musik zum Kanon und Kern einer neuen Kirche zu machen. Dass Jimi Hendrix irgendwann an die Stelle des gregorianischen Chorals treten und die gleiche Funktion haben wird wie dieser, ist eine tolle Fiktion. Und zeigt, dass Despentes ihre Romane in die große Geschichte einordnet und nicht nur als alltägliches Sittenbild der Postpostmoderne.

Die Rockmusik wurde in den Sechzigern zu einer ästhetischen Verarbeitung des gesamten gesellschaftlichen Lebens. Das war nicht die Musik einer bestimmten Klasse, sondern die Musik von allen. Dadurch dann natürlich auch vermarktungsanfällig, und nicht mehr die Alternative. Sondern der Gegenstand des großen Kapitals. Das wird alles bei Despentes verhandelt. Aber eben auch, dass man als Außenseiter trotzdem an dieser Musik festhält. Und behauptet, sie hätte was Magisches, eine Transzendenz, eine Art Alltagsmetaphysik. Dass sie uns Rituale ermöglicht, die »bigger than life« sind, dass sie uns etwas feiern lässt. Aber nicht mehr irgendeinen Gott. Sondern unsere eigene Hinfälligkeit.

Gegen jede Erwartung wird also weitergetanzt, im Dunkeln und zu einer pri-

mitiven Musik, deren Kult auch zum Ende des dritten Jahrtausends nicht aussterben will.

Das ist der letzte Satz der Trilogie.

Auf schwankendem Boden bleibt man nur dann auf den Beinen, wenn man tanzt.

Das ist meine Interpretation dieses Satzes.

THOMAS KNOEFEL

Blut

Er war das einzige Kind und seine Mutter hatte ihn verwöhnt. Der Vater starb früh an einem »Blutsturz«, wie man im Dorf erzählte. Ein Arzt aus der nächsten Kreisstadt schrieb auf den Totenschein: »Fortgeschrittene Zirrhose – Exitus in Folge von Ösophagusvarizenblutung«; so etwas passiert, erklärte man ihm, wenn die Krampfadern, dünne Gefäße der Speiseröhre, platzen und die Blutungen nicht mehr zu stillen sind. Mit anderen Worten: Alle wussten, der Vater hatte seine Leber ruiniert, sich zu Tode getrunken. Als man ihn beerdigte, riss eines der Seile, mit denen zwei Träger auf jeder Seite den Sarg langsam herunterließen, und der Leichnam des Vaters fiel krachend in das am Tag zuvor ausgehobene Grab, so wie auch sein Leben mit einem Sturz zu Ende gegangen war. Soviel er sich seiner Mutter zuliebe anstrengte: Er konnte nicht weinen, nicht an diesem Tag und auch später nicht. Er hatte nicht geweint, wenn ihn der Vater wieder einmal mit einem langen, federnden Stock züchtigte, mit Schlägen auf den Hintern (die aber auch – besonders schmerzhaft – seinen Rücken trafen), weil er vergessen hatte, das Vieh zu füttern, oder nicht rechtzeitig zum Abendbrot in die Küche kam. Hielt er nicht still oder versuchte wegzulaufen, machte es die Sache noch schlimmer. Musste es schnell gehen, kam er mit einer Ohrfeige davon. Er weinte nicht. Der Tod des Vaters war ein Geschenk.

Allein mit der Mutter wurde sein Leben einfacher. Er musste sich nicht fürchten, wenn er mit einer schlechten Schulnote nach Hause kam, es gab keine Schläge mehr, keine Stubenarreste, kein Stillsitzen und Beten am Tisch. Vor allem aber musste er nicht fürchten, dass seine kleinen erregenden Spiele entdeckt würden, mit denen er sich die Zeit vertrieb: Einen Wurf neugeborener Katzen schlug er, jedes Tier einzeln, mit dem Kopf gegen die Stallwand; übergoss eine der Ratten, die er in selbstgebauten Fallen in der Scheune fing, mit etwas Benzin und zündete sie an. Mit seinem Luftgewehr schoss er Schwalben von den Stromleitungen, die sich von Haus zu Haus, die ganze Dorfstraße entlangzogen. Fische, die er fing, ließ er auf der Erde zappeln, schaute ihnen zu, bis sie sich nicht mehr bewegten. Glaubte er sich unbeobachtet, prügelte er den Hund, einen in die Jahre gekommenen, tagsüber an den Stall geketteten Rottweiler, mit einem langen, ledernen Riemen.

Besonders gerne, mit größtem Vergnügen, schaute er zu, wenn der Bruder des Vaters sonntags auf seinem Motorrad zu Besuch kam, um eines der Karnickel zu schlachten, mit einem sauberen, sicheren Schnitt beide Schlagadern und Venen durchtrennte. Jedes Mal schossen dann kleine Feuerstöße die Wirbelsäule hinauf und im Kopf fühlte er eine wunderbare Hitze. Er sah und hörte nichts mehr, alles um ihn herum verlor seine Form und verschwand. Seine Arme zitterten leicht; er schwitzte, ihm war schwindlig, dass er meinte, er würde gleich umfallen. Oft bekam er ein steifes Glied und ging in sein Zimmer, um eilig, ohne an Besonderes zu denken, zu masturbieren. Erst dann wurde er ruhig und konnte schlafen. Dieses Entzücken, Schauern, diese sich in alle Zellen ausbreitende Fülle von Wärme und Licht hielt nach jeder Schlachtung noch Tage an. Was ihn dabei von allem am meisten erregte, war Blut. Er drängte sich nach vorne, wenn einer der Bauern das Schwein mit dem Hammer, einem kräftigen Schlag auf den Schädel betäubte, um das Tier schnell anzustechen und genau unterhalb des Kiefers die Kehle aufzuschneiden. Er freute sich, flogen ihm dabei kleine Spritzer Blut ins Gesicht. Blut. Überall Blut. Er sah ihm nach, wie es langsam in den Fugen des gepflasterten Hofes versickerte ...

Er hätte nicht sagen können, warum dieses flüssige Gewebe, dieser besondere Lebenssaft ihn so magisch anzog, immer wieder entzückte. Es war einfach so. In einem Buch des Großvaters las er von Heiligen, die noch Jahre nach ihrem Tod nach Lilien und Veilchen dufteten, rosige Wangen und lichterfüllte Augen hatten, deren Leichname frisch und elastisch blieben, bei Berührung zu bluten begannen ... über Madonnen, die blutige Tränen weinten ... über Blut, das, in kleinen gläsernen Kapseln verschlossen, an besonderen Tagen in »Wallung« geriet. Waren diese Bilder in seiner Vorstellung auch schön und erzeugten ein feines, elektrisches Kribbeln im Nacken, so beschäftigten sie ihn nur wenig. Um erregt zu sein, vor Lust ganz außer sich zu geraten, musste er das Blut schon sehen und riechen: diesen, wenn auch schwachen, metallischen Geruch. Und der Geschmack, der, wie er fand, erst in der Nase entsteht: wie bei einem in roten, fast schwarzen Wein eingelegten, halbroh servierten Hirschfilet.

Niemand ahnte, in welchem Maß die Leidenschaft für Blut seine Gedanken beherrschte, wenn es einen lebendigen Körper verließ, und er mit allen Sinnen dabei war. Das ländliche Leben langweilte ihn: die Schule, in der alle Kinder des Dorfes zusammengedrängt in nur einem Raum saßen, die Arbeit auf dem Feld, das Füttern der Kühe und Schweine, die Einheimischen in ihrer harten, bäuerlichen Schweigsamkeit, die immer gleichen Betrunkenen im einzigen Gasthaus. Ausgenommen einige Festtage und gelegentliche Todesfälle, wobei er, wenn jemand starb, sei es auch einer seiner vielen Verwandten, seltsam teilnahmslos blieb. Der Schmerz der anderen blieb ihm fern und unwirklich. Genauso gut hätte er das Foto eines Fremden betrachten können, ohne berührt zu sein. Es machte ihm wenig aus, wenn Leute, die er kannte, starben. Als man einen Nachbarsjungen beerdigte, der an Diphtherie erkrankt und nicht mehr zu retten gewesen war – sie nannten es den »Würgeengel der Kinder« –, musste die Mutter ihn lange überreden, mit auf den Friedhof zu gehen; lieber wollte er allein sein, um in einem der Weiher nahe am Waldrand zu schwimmen.

Sein Dorf, etwas mehr als zwei Autostunden von Berlin entfernt (mit dem Zug von der nächsten Kleinstadt aus ging es etwas schneller), blieb lange im Schatten der Ereignisse, die in der Hauptstadt ihren Lauf nahmen. Den ganzen Krieg über hatten sie genügend zu essen. Gelegentlich kamen weitläufige Verwandte aus dem Wedding angereist, um sich mit geräuchertem Schinken, Fleisch und eingewecktem Obst – manchmal im Tausch gegen Schnaps und Zigaretten – zu versorgen. Natürlich gab es Führerplakate, einen Ortsgruppenleiter und zwei, drei Kleinbauern, die schnell mal Nationalsozialisten wurden. Der Lehrer versuchte ihnen, ohne rechte Überzeugung, etwas über die arische Rasse beizubringen, über den Endsieg und die Reichshauptstadt »Germania«, die nicht weit entfernt bald der Mittelpunkt eines neuen Weltreiches werden sollte. Aber das Leben der Bauern ging weiter, wie die Jahreszeiten kommen und gehen. Zwei junge Männer des Dorfes wurden seit Monaten in Russland vermisst; einmal verlor ein britischer Flieger über dem Acker in der Nähe ihrer Fischteiche eine Bombe, die dazu noch nicht zündete, ein Blindgänger war. Mehr an Krieg gab es hier nicht.

Zusammen mit einem Cousin, der in einem Zimmer neben dem Dachboden wohnte, musste er der Mutter helfen, den Hof zu bestellen … das Vieh versorgen, am Morgen den Ofen beheizen, mehrmals am Tag einige Eimer frisches Wasser in die Küche tragen. Seit dem Tod des Vaters begann sie vergesslich zu werden, ihre Hände zitterten, sie bekam einen seltsam steifen Gang, klagte über eine schwache Blase, und ihre Stimme – so kam es ihm vor – wurde leiser; hatte sie früher selten gelacht, zeigte sie sich jetzt nur noch still und ernst. Die Mimik ihres wächsernen Gesichts erstarrte. Oft schlief sie vor Erschöpfung bereits am frühen Abend auf der Ofenbank, ihrem Lieblingsplatz, sitzend ein. Immer wieder wurde die Mutter bettlägerig, weigerte sich aber, einen Arzt kommen zu lassen. Vielleicht war sie krank, aber es interessierte ihn nicht wirklich.

Meist blieb er für sich allein, hatte mit den Jungen in seinem Alter wenig Kontakt. Vor allem, weil seine Intelligenz viel heller und weiter strahlte, er alles Wissen, kleinste Details von Maschinen, der Wetterbewegungen und Wildtiere in sich aufsaugte; fast mühelos gelang es ihm, die Modelle der Atome mit ihren Ladungen und kreisförmigen Bahnen, die elektromagnetischen Wellen, die Feldstärken und Flussdichte, in denen sie sich ausbreiten, zu verstehen … er war geradezu gierig nach Wissen, las in den wenigen Büchern, die er auftreiben konnte, über Astronomie, Botanik, über die Anatomie, die Krankheiten des Menschen, fing an, kleine mechanische Apparate zu bauen und, was die Nachbarn befremdlich und komisch fanden, Rosen zu züchten.

Die Einberufung, ein Vordruck mit Stempel und Unterschrift des Reviergruppenführers, in dem sein Name mit Schreibmaschine eingetragen war, lag auf dem Küchentisch, als er vom Heumachen auf einer ihrer Wiesen nach Hause kam. Danach ging es schnell: Die Mutter packte einen Koffer mit Wäsche, Hemden, einer Decke, einigen Konserven, etwas Schokolade, Seife und Rasierzeug.

Der Bahnsteig war überfüllt von Männern in Uniform, den dazugehörigen Frauen und anderen Müttern. Den Abschied ließ er über sich ergehen, ohne ihr dabei in die Augen zu sehen. Als die Mutter ihm noch einen Kuss auf die Wange geben wollte, wandte er sich ab. Mit einem Mal Umsteigen ging es zum Übungsplatz der nächsten Garnison und kurze Zeit später weiter an die Oder vor Berlin.

Seit Tagen warteten sie nun, ob der Russe, der Iwan, sich zeigen, seine Stellungen verlassen würde. Das Warten war das Schlimmste. Zu essen gab es immer noch reichlich, dreimal warme Suppe mit ein paar Fleischresten, einem Stück Brot, gelegentlich einen Schlag Konfitüre; nur seine Zigaretten musste er sich streng einteilen, was ihm besonders schwerfiel. Mit der Feldpost kamen gelegentlich Päckchen der Mutter: Schlachtwurst, selbstgestrickte Handschuhe und Unterwäsche (sie schrieb belanglose Briefe, dass man den Bürgermeister kürzlich beerdigt habe, sie für seine Gesundheit bete und hoffe, der Krieg sei nun bald zu Ende). Immer wieder fanden größere Mengen Schnaps den Weg zu ihnen; er hörte, dass einer der Männer, den er flüchtig kannte, völlig betrunken bewusstlos geworden und dann an Erbrochenem erstickt sei. Nur zu gerne hätte er einmal von Hitlers »Panzerschokolade« gekostet, einer schönen Dosis Methamphetamin, die wachhalten, aufputschen, erschöpfte Soldaten lange marschieren lassen sollte; leider war jener besondere Stoff in diesen Tagen nur noch schwer aufzutreiben. Einer seiner Vorgesetzten, ein Oberstleutnant, versuchte ihm – ohne viel Erfolg – Schach beizubringen. Der erzählte ihm, dass Ruhr und Flecktyphus an einigen Abschnitten die Runde machten, täglich Soldaten mit Fieber und Hirnentzündung ins Hinterland, Richtung Lazarett, gefahren würden, und auch, dass die vordersten Linien schon kampflos aufgegeben worden seien. Ein frischer Rekrut, erst ein paar Tage dabei, noch grün hinter den Ohren, direkt aus der Schule an die Front verlegt, setzte sich einen »Heimatschuss« – glatt durch die Hand; die Sache flog wohl auf und er sah ihn, auch später, nicht wieder. Die Latrine stank fürchterlich, jedes Mal war er froh, wenn er seine tägliche Scheißerei hinter sich gebracht hatte. Zum Pissen auf die Schnelle reichte meist ein toter Winkel im Graben. Um nicht zu verlottern, rasierte er sich jeden Morgen gründlich, wusch sich aus einer Schüssel mit kaltem Wasser, wechselte, wenn es ging, die Wäsche. Jeder wusste, die Chance, sich Läuse oder die Krätze einzufangen, war groß.

Hin und wieder feuerten sie blindlings auf die andere Seite, aber mehr aus Angst, um sich Mut zu machen. (Einige Kameraden trugen gesegnete Wallfahrtsblätter, Schutzbriefe mit Gebetsversen und magischen Zeichen bei sich, doch daran glaubte er nicht, ebenso wenig an Schicksal oder an einen rettenden Gott; hielt den »Heiligen Geist« für einen profanen, zum Himmel stinkenden Furz. Vielleicht war es ja reiner Zufall, aber die Frommsten, die Betbrüder unter ihnen, starben, wenn es ernst wurde, losging mit der elenden Schießerei, meistens als erste.) Auf einer kleinen Lichtung linker Hand von ihrem Schützengraben blühte bereits ein Feld Raps, seine traubigen, knallgelben Blüten leuchteten bis in den späten Nachmittag. Einmal meinte er, aus einem benachbarten Wäldchen – vielleicht etwas zu früh? – Blaukehlchen und Feldlerchen singen zu hören. Die ersten Aprilnächte waren schon warm und wolkig, es regnete leicht. Meist schlief er nur wenige Stunden (ohne nur einmal zu träumen), auch weil die Russen in manchen Nächten mit riesigen Scheinwerfern herüberleuchteten, um die Deutschen zu blenden … pyrotechnische Geschosse aus Magnesium und Natriumnitrat zogen wie auf den Kopf gestellte, quirlige Spermien durch den Himmel.

Dann war sie wieder da, an einem späten Nachmittag, auf einen Schlag zurück, unverhofft und stärker als alle Male zuvor: diese so vertraute, als Kind schon herbeigesehnte, mit nichts sonst zu vergleichende Erregung … Direkt neben ihm hatte es einen schon älteren Gefreiten, einen ehemaligen Reichsbahner aus Berlin, böse erwischt; ein versprengtes Eisenteil aus einem der Geschütze oder Minenwerfer hatte über die ganze Länge seinen Bauch aufgerissen … Der Mann jammerte, bevor er ohnmächtig wurde. Als ihm zwei Sanitäter Uniformjacke und Hemd auszogen, konnte er den seitlich herabhängenden Darm und, wie er glaubte, sogar einen Teil des Magens erkennen … und Blut! Riesige Mengen Blut! Wieder schossen kleine Feuersalven von seiner unteren Wirbelsäule nach oben – – – wieder überwältigte eine Hitze, ein Funkenschlag all seine Synapsen! Hitze und Licht! Obgleich er wusste, dass man Licht nicht fühlen kann, war er sicher, der Raum über seinem Kopf leuchte …

Einige Tage später explodierte die Welt: Schreie, Donner und Pfeifen, hochgeschleuderte Erde, Feuerbälle, Schrapnelle, Regen und Schlamm, Rauchwolken, Druckwellen, Blitze, Dunkelheit. Er war ruhig, fast entspannt, auf eine kühle, beinahe überlegene Weise interessiert, nicht viel anders, als würde er, wie so oft als Kind, einem Spektakel, einer meteorologischen, luftelektrischen Erscheinung am Himmel, einem dieser nach schwülen Sommertagen losbrechenden, wunderbaren Gewitter zuschauen und auf die Stille warten, mit der es wieder zu Ende ging. Ein kaum spürbarer, beinahe sanfter, zärtlicher Druck, eine eigenartige Wärme, ein leises Brennen, das sich über seinen Brustkorb, über den Unterleib ausbreitete, ermunterte ihn, sich hinzulegen, die Beine auszustrecken, während seine Arme, wie abgetrennt und nicht mehr zu bewegen, wie die losen Gliedmaßen einer Puppe, neben ihm lagen. Aus einer großen, tief klaffenden Wunde, eine Handbreit vom Nabel entfernt, wo sich die untere Aorta in die beiden Beckenarterien teilt, blutete es und hörte nicht auf zu bluten … es blutete … es rauschte in seinem Kopf, der langsam leer, ein Raum in unendlich vielen anderen Räumen, ein Vakuum in endlosen Höhen wurde … Hitze und Licht …

THERESIA ENZENSBERGER

Hello Boys

Das Versprechen auf ein Wunder kann beinahe genauso viel auslösen wie das Wunder selbst. Die Religion weiß das schon lange, die Werbeindustrie auch. Es gibt Schokoladenriegel, die »Wunderbar« heißen, Mayonnaise, die sich »Miracel Whip nennt«, in Amerika gibt es Margarine, die ihren Werbeslogan »I can't believe it's not butter« gleich zum Markennamen erkoren hat, und nicht zuletzt gibt es den »Wonderbra«.

Praktischerweise muss man sich, stellt man das Wunder nur in Aussicht, nicht einmal mit der Frage herumschlagen, ob es sich hier um ein Wunder handelt, oder doch vielleicht um einen Fluch. Der BH wird von Frauen, je nach politischer Wetterlage, Material, Praktikabilität und Lebenslage, abwechselnd als das eine oder das andere empfunden. Die kanadische Firma, die den »Wonderbra« herstellt, gibt es schon seit 1939, einer Zeit, in der Knappheit herrschte und es schwierig war, an elastische Materialien zu kommen. Das Modell, das als »Wonderbra« berühmt werden sollte, wurde erst 1963 erfunden, von einer Frau namens Louise Poirier, die es zu wenig Berühmtheit gebracht hat. Meist heißt es nur, sie habe den gepolsterten Büstenhalter »unter Anweisung von« Moe Nadler, dem Gründer der Firma, entwickelt. Fest steht aber: Das Patent läuft auf ihren Namen, und so muss man sich nicht weit aus dem Fenster wagen, um anzunehmen, dass ihr das Verdienst vielleicht nicht voll angerechnet wurde.

Weder Poirier noch Nadler konnten ahnen, dass die Zeit nicht gerade nach Büstenhalter-Innovationen verlangte. Das Klischee von den Feministinnen, die massenweise BHs verbrannten, ist zwar mit Vorsicht zu genießen (Robin Morgan, eine der Organisatoren der Demonstration, auf der das angeblich passierte, besteht darauf: »Es gab kein Feuer«), aber dennoch: Die Mode war nicht danach. Selbst die unpolitischsten Hippies mochten keine engen Büstenhalter, man mochte überhaupt nichts halten, und glamouröse Dekolletés waren auch nicht gefragt.

In den siebziger Jahren sah die Sache allerdings schon wieder anders aus. Man verkaufte einigermaßen gut, und schon Ende des Jahrzehnts war die Firma ganze 27 Millionen Dollar wert. Der vollständige Siegeszug, »Wonderbras«

hauseigenes Wunder, fand aber erst in den 1990er Jahren statt. Natürlich, die Neunziger: das Jahrzehnt kapitalistischer Fieberträume, kopfloser Dekadenz und wahnhafter Oberflächlichkeit. 1992 stiegen die Verkäufe in England rasant an, die Nachfrage traf die Firma unvorbereitet: In den USA war das Modell noch nicht einmal verfügbar. Die Konkurrenz nutzte das kleine Zeitfenster, 1993 warf »Victoria's Secret« den »Miracle Bra« auf den US-amerikanischen Markt. Ein Jahr später startete eine der berühmtesten Werbekampagnen der Nachkriegszeit. Eva Herzigová lächelte von allerlei Plakaten auf ihre Brüste und den Verkehr herab, der Schriftzug daneben lautete: »Hello Boys«. Moderne Mirakelberichte ranken sich um Staus, Menschenmengen und sogar Verkehrsunfälle, die angeblich durch die Anzeigen verursacht wurden. Heute hätte wahrscheinlich noch am ehesten der Sexismus der Werbung Nachrichtenwert, weswegen die Firma im Dezember einen etwas hilflosen Rettungsversuch unternahm. Die neue Kampagne zeigte Models, die in die Kamera blickten, der Slogan darunter diesmal: »Hello Me«. Auch das kam nicht gut an: Unterwäsche als Selbstermächtigung, das kauft heute eben auch niemand mehr.

Worin genau allerdings das Wunder des »Push-Up-Bras« besteht, bleibt weiterhin erklärungsbedürftig. Die Veränderung der eigenen Erscheinung durch Klamotten ist jedenfalls auf viele Weisen und recht einfach zu bewerkstelligen. Selbst die Veränderung des Körpers grenzt in Zeiten von plastischer Chirurgie kaum an ein Wunder. Nein, das eigentliche Wunder des »Wonderbras« ist es, Frauen und vor allem jungen Mädchen, die kleine Brüste haben und daher überhaupt keine BHs gebrauchen können, trotzdem welche zu verkaufen.

SIMON STRAUSS

Die letzten Heiligen

Meine Aufzeichnungen von jener Nacht, von der 24-Stunden-Schicht im Krankenhaus, trage ich schon ein paar Tage lang mit mir herum. Für jene Nacht bedeuteten sie alles, wie geheime Codewörter, die über Leben und Tod entschieden, neue Hoffnung machten oder Gesichter verfinstern ließen. »Intubieren« steht da und »Basilaris-Stenose«, »Vitalparameter« und »Diffusionsstörung«.

Ich selbst war bisher nur einmal im Krankenhaus, mit sechzehn Jahren, nach einem Skiunfall. Damals lag ich allein im Zimmer und musste eine Halskrause tragen. Das Essen war in Ordnung, aber in der Toilette ging das Licht nicht aus. Meine Freundin kam mich damals besuchen, und mir war der leicht faulige Geruch, der von meinem Bett strömte, sehr peinlich. Auf die Quarantänestation hatten sie mich gelegt, weil es sonst kein Zimmer gab. Und aus dem Fenster sah man auf einen Hofplatz mit gelben Tonnen.

Seitdem habe ich Krankenhäuser nur von außen gesehen, graue Klötze mit belegten Autoparkplätzen und Haupteingängen, vor denen Patienten in Trainingshosen und Badelatschen standen und rauchten. Für mich waren das Orte, in denen die Zeit anders berechnet wurde, entlang von Chefarztvisiten und dem Wechsel von Beatmungsbeuteln.

Das Krankenhaus ist im zivilen Bewusstsein ein exterritorialer Ort: Wer nicht dort ist, denkt nicht daran, fährt nur schnell am Schild mit dem überdachten roten Kreuz vorbei und wünscht sich, es nie bei halbem Bewusstsein aus dem Rückraum eines Krankenwagens sehen zu müssen. Oder einen Anruf zu bekommen, der anfängt mit dem Wort »Intensivstation«. Dabei sind Krankenhäuser so etwas wie die natürlichen Gelenkstellen einer Gesellschaft, so wie Schulen, Gerichte, Wohnhäuser. Wenn hier der Betrieb nicht mehr funktioniert, wird die Lage gefährlich.

Eine Freundin von mir arbeitet als Assistenzärztin in einer großen Klinik, auf der Schlaganfall-Station. Wenn sie von ihrem Alltag erzählt, werde ich ganz still. Dann spricht das Schicksal aus ihren Worten. Wenn sie von ihren plötzlich gelähmten Patienten erzählt, denke ich unwillkürlich: Das könnte meine Mutter sein. Angst überkommt mich, vor dem Tag, an dem ich dorthin gerufen werde, ein Arzt mich beiseite nimmt und mir seine vernichtende Diagnose mitteilt. Kann man sich darauf vorbereiten? Wahrscheinlich nicht. Aber den Ort besser kennenzulernen, an den über kurz oder lang jeder von uns einmal kommt – das geht.

An einem nasskalten Herbstmorgen stehe ich im Nieselregen vor der Klinik und warte. Durch die Schiebetür kommt mir meine Freundin, die Ärztin, im weißen Kittel entgegen. Beim Betreten des Krankenhauses schießt sofort der stechende Geruch von Desinfektionsmittel in die Nase. Überall, an Türklinken, Fenstergriffen und Fahrstuhlknöpfen, klebt ein feuchter Film von steriler Flüssigkeit.

Auf den überfüllten Fahrstuhl sollte man nicht allzu lange warten, sondern lieber die Treppe nehmen. Zeit ist kostbar im Krankenhaus, »*Time is brain*«, sagen die Neurologen, denn mit jeder Minute stirbt bei einem unbehandelten Schlaganfall aktive Gehirnfläche ab. In der Klinik wird viel Englisch gesprochen. Auf der *Stroke Unit* kümmern sich tagsüber vier Assistenzärzte und ein *Case Manager* um die Patienten. Die Fälle, von leichter Epilepsie bis zu schwerem doppelseitigem Schlaganfall, werden überwacht, dokumentiert und auf ihre Therapieerfolge hin diskutiert.

Nebenbei müssen weinende Ehefrauen aufgeklärt, Berichte für die Krankenkasse geschrieben und Reha-Aufenthalte organisiert werden. Von morgens bis nachmittags herrscht im Ärztezimmer eine Hektik wie auf dem Börsenparkett. Dauernd ruft jemand einen medizinischen Fachbegriff dazwischen, immer wieder klingelt das Telefon. Verzweifelte Internisten aus umliegenden Krankenhäusern, die keine eigene neurologische Station haben, rufen an und fragen nach Rat. Oft wollen sie ihre nur notdürftig versorgten Patienten verlegen und bitten um Übernahme.

Auf der Station sind alle Betten belegt. Aber einer der Landärzte lässt nicht locker: »Dem Patienten muss doch geholfen werden«, brüllt er ins Telefon, »ich kann hier bei uns nichts für ihn tun!« Für einen Moment herrscht Stille im Ärztezimmer, schauen alle mit gesenktem Blick zu Boden, als säße ein Bettler am Wegesrand, als ginge es darum, nur ja kein zweifelndes Gefühl zu zeigen. Der Oberarzt lässt sich noch einmal genau die medizinische Lage erklären, fragt mehrmals nach und willigt schließlich ein, den Patienten zu übernehmen. Jetzt muss er überlegen, wie er ein Bett freikriegt. Hin und her wird der medizinische Zustand der einzelnen Patienten jetzt erwogen. Wer könnte ohne Risiko entlassen oder im Gegenteil mit einigem Recht auf die Intensivstation verlegt werden? Ansichten über die Köpfe und Körper der Betroffenen werden gewechselt, Argumente ausgetauscht. Am Ende muss ein halbseitig Gelähmter auf die normale Überwachungsstation wechseln, damit der Patient vom Land aufgenommen werden kann. Aus welcher Not heraus diese Entscheidung getroffen wurde, wird keiner der beiden Patienten je erfahren. Der eine wird denken, seine Verlegung habe einen guten Grund, der andere meinen, es sei noch genau ein Bett frei gewesen. Vielleicht aber merken es beide auch gar nicht; denn wer hier auf der Stroke Unit noch wie viel wahrnimmt, ist schwer zu sagen.

Ein Mann sitzt auf dem Bettrand und schaut ins Leere. Bis eben war er noch Ingenieur, hat Brücken gebaut und Gefälle berechnet. Der gestrige Schlaganfall hat ihn zu einem anderen Menschen gemacht. Seine Frau hat ihm sein Mathematik-Lehrbuch auf den Nachttisch gelegt, aber er versteht den Inhalt nicht mehr. Sprechen kann er noch, aber es fällt ihm auf einmal schwer, sich zu erinnern. Irgendwo auf dem Weg von der Arbeitsstätte zur Klinik, als der Hippocampus zu lange unterversorgt war, hat er sein Gedächtnis verloren. Jetzt sucht er voller Scham nach Ausreden, bestätigt alle Fragen schnell mit »So ist es« und hofft darauf, dass die junge Ärztin nichts merkt.

Tut sie aber. Sie stellt noch einige Fragen zu seiner Kücheneinrichtung, um ihn zu testen, lässt ihn bei geschlossenen Augen den Finger zur Nase führen, dann gibt sie den Schwestern über seinen Kopf hinweg ein paar schnelle Anweisungen. Das hat etwas von einer Gerichtsverhandlung, in der ein Angeklagter nicht genug Beweise für seine Unschuld liefern konnte. Nun fällt die Richterin ihr Urteil über ihn. »Wir werden Ihr Nervenwasser untersuchen müssen«, sagt sie, »dafür stechen wir vorsichtig dort in den Rücken, wo das Rückenmark aufhört und die Nerven wie Spaghetti im Wasser schwimmen.«

Im Nebenzimmer liegt eine alte Dame aus dem städtischen Pflegeheim. Sie ist stark abgemagert, ihre Atemfrequenz ist auf 33 gestiegen, eine Lungenentzündung bahnt sich an. Als Eigentum der Patientin sind in ihrer Akte nichts als »ein Paar Ohrringe« vermerkt. »Ihr geht es sehr schlecht«, flüstert der Pfleger, »man sollte die Angehörigen informieren.«

Das Licht fällt fahler auf den Gängen von Krankenhäusern, das Warten dauert länger als anderswo. Es ist, als ob die Angst, die so viele Menschen hier schon empfunden haben, einen lähmenden Abdruck hinterlassen hätte. Man kann sich nicht unbeschwert bewegen. Souverän geht hier nur über den Flur, wer von Berufs wegen da ist.

Im Ärztezimmer wird die Tochter der alten Dame angerufen, sie ist gerade mit ihren Kindern unterwegs auf dem Weihnachtsmarkt. Im Hintergrund hört man einen Chor singen: »O du fröhliche«. Ob sie möchte, dass bei der todkranken Mutter alle lebenssichernden Maßnahmen ergriffen werden sollen, das heißt, künstliche Beatmung und im Notfall auch eine schockhafte Wiederbelebung? Die Tochter schweigt, erkundigt sich nach den Chancen, schweigt wieder. Es tue ihr leid, sagt die Ärztin, aber sie müsse sich jetzt entscheiden. Der Ernstfall könne jeden Moment eintreten. Die Tochter lässt das Telefon kurz aus der Hand sinken, fährt ihrem kleinen Sohn durchs Haar und bittet dann doch um eine maximale Behandlung.

Ein Zittern läuft der Assistenzärztin über die Oberlippe, als sie aufgelegt hat. »Sie ist zu schlecht dran, da ist sowieso nicht mehr viel zu machen«, stöhnt sie und ruft doch auf der Intensivstation an, um eine Verlegung anzukündigen.

Wie viel ist ein krankes Leben noch wert? Welche Behandlungen lohnen sich? Welche Entscheidungen verhindern, dass jemandem geholfen wird, der noch gesund werden könnte? Über den Menschen wird im laufenden Krankenhausbetrieb anders nachgedacht als im Ethik-Seminar. Philosophische Moraldiskurse kann man sich hier nicht leisten. Dabei gilt der Umgang mit Patienten in staatlich finanzierten Krankenhäusern noch als würdevoller als in privaten Häusern, wo Ärzte genau wissen müssen, wie teuer Behandlungsmethoden sind. Dort werden angeblich durchaus Unterschiede zwischen Privat- und Kassenpatienten gemacht.

Wenn man die Ärzte hier fragt, worunter sie am meisten leiden, was ihnen die größten Schwierigkeiten bereitet, dann antworten sie einhellig: die Dokumentation. Es gibt in großen Krankenhäusern so viele verschiedene Softwaresysteme für die Daten, dass kaum jemand den Überblick hat und viel Zeit durch doppelte oder gar dreifache medizinische Buchführung verlorengeht. Die »Kurve«, eine Art Excel-Tabelle mit bunten Linien, soll die Anamnese, den Krankheitsverlauf und die Behandlungshistorie digital dokumentieren. Daneben gibt es aber noch viele Zusatzzettel und verpflichtende Dokumentationsschriften, damit die Krankenkassen kontrollieren können, ob alle Richtlinien eingehalten werden und der Patient genug Aufmerksamkeit bekommt.

Ihren Frust reden sich die Assistenzärzte an diesem Tag mit vielen Anekdoten vom Leib. Im Ärztezimmer wird gelästert und gescherzt. Sobald das Telefon klingelt, werden Augen verdreht und Stimmen nachgemacht. Hier ist vom autoritären Arzt-Habitus nichts mehr zu spüren. An die Wand haben sie sich ihre scherzhafte Geheimformel für eine belastbare Diagnose gepinnt: »Urteil = (Bauchgefühl × Berufsjahre / 2 + Talent) – [Summe]Fakten«.

Am Abend, von 19 Uhr an, sind wir plötzlich allein, die Assistenzärztin und ich. »Im Hintergrund« gibt es noch eine Oberärztin, die im Notfall Patienten beurteilt und Entscheidungen mitträgt. Auf einmal also Verantwortung für zwei Dutzend Schwerkranke, eine Normalstation mit drei Dutzend Betten plus neurologische Patienten, die über Nacht in die Notaufnahme gebracht werden. Zunächst bleibt es ruhig, wir sitzen im Ärztezimmer und essen Kekse. Draußen fällt der Schneeregen durchs Laternenlicht.

Gegen 21 Uhr machen wir uns auf zur Visite, gehen von Zimmer zu Zimmer und befragen hinter geschlossenen Türen die Patienten. Die Kranken liegen in ihren Betten und warten auf tröstende Sätze. Immer wieder gibt meine Begleiterin dieselben Anweisungen, um die Funktion der Nerven zu prüfen: »Heben Sie das linke Bein, drücken Sie mit aller Kraft gegen meine Hand, spüren Sie mein Streicheln auf beiden Wangen gleich?« Das Streicheln ist technisch gemeint, und doch wirkt es zwischen all dem nüchternen Sprechen und Handeln für einen Moment auf erleichternde Weise liebevoll.

»Einmal die Zähne zeigen, bitte«, sagt sie zu einer alten Dame im Nachthemd und bekommt geflüstert zur Antwort: »Aber ich habe doch keine mehr, Frau Doktor.« Auf einmal wird die junge Ärztin nervös, denn ihre Patientin kann das linke Bein nicht mehr heben. Nachmittags war damit noch alles in Ordnung, jetzt fällt es plump und schwer auf die Matratze zurück. Zwei, drei Mal versucht sie es noch, dann weckt sie die Oberärztin und ruft gleich darauf auch bei der Neuroradiologin an. Nur wenige Neuroradiologen arbeiten im Haus, die Nächte müssen sie sich untereinander aufteilen. Wenn wie jetzt eine akute Ischämie droht, also eine mangelnde Versorgung einzelner Organe mit Blut, muss einer zurück ins Krankenhaus kommen, um in einem technisch hoch anspruchsvollen Verfahren einen Katheter in den Kopf zu führen.

Als wir die alte Dame in den Interventionssaal fahren, schaue ich in ihr fragendes Gesicht. Ihr dreiundsiebzigster Geburtstag liegt nur ein paar Tage zurück, vorgestern saß sie noch bei Kaffee und Kuchen, und jetzt ist sie hier, kurz vor Mitternacht, in einem kalten Flur, mit einer Basilaris-Stenose, also einer Verengung der Hauptarterie im Kopf. Sie flüstert: »Kriegen Sie mich wieder hin, Herr Doktor?« Und später, während wir auf den Anästhesisten warten, erzählt sie von ihrer kleinen Tochter, die vor einem halben Jahrhundert nach einem Unfall in dieser Klinik gestorben ist.

Im Interventionssaal herrscht absolute Ruhe. Jeder weiß, dass eine Ungeschicklichkeit sofort zum Tod der Patientin führen kann. Die Neuroradiologin bereitet mit einer Assistentin in steriler Umgebung die Stents vor. Dann arbeitet sie zwei Stunden lang, den Blick hoch konzentriert auf riesige Plasmabildschirme gerichtet. Mehrere Versuche unternimmt sie, um durch das dichte Arteriengewebe zu der verstopften Stelle zu gelangen. Dann, auf einmal, löst sich der Pfropfen, und das Blut schießt wieder in die unterversorgten Hirnbereiche hinein. Wie ein Jackson-Pollock-Bild sieht das auf dem Bildschirm aus. Das Leben der alten Dame ist gerettet.

Unten in der Notaufnahme warten währenddessen mehrere Patienten auf ihre Behandlung. Es ist drei Uhr nachts, aber das grelle Licht aus den Neonröhren lässt alle Zeit vergessen.

Da sitzt ein junger Flüchtling aus Afghanistan vor uns, der nicht schlafen kann und an Selbstmord denkt.

Als Nächstes eine übergewichtige junge Frau in Schwarz, die von ihrer Kündigung erzählt. Sie spürt ein Kribbeln im Fuß, hat Schwindelgefühle und starke Kopfschmerzen. Die richtigen Vergleiche zur Beschreibung ihrer Beschwerden hat sie sich schon zurechtgelegt: »Es fühlt sich an wie auf einem Schiff bei hohem Seegang.«

Dann eine Mutter mit ihrem geistig behinderten Sohn, der zu Hause die Regale von den Wänden reißt. »Beim Klapsdoktor waren wir schon«, sagt sie.

Viele, die nachts von selbst in die Notaufnahme kommen, tun das vor allem zur Beruhigung, um zu hören, dass mit ihnen nichts Schlimmes ist. Ihnen reicht das Gespräch mit einem Arzt, der danach natürlich wieder alles säuberlich dokumentieren muss: fünf Minuten Gespräch, fünfzig Minuten Schreibarbeit. Deshalb dauert es in der Notaufnahme so lange: weil zwischendurch so viel festgehalten werden muss.

Wenn ein Krankenwagen kommt, werden alle hektisch. »Jetzt wird es ernst«, ruft die Ärztin und zieht mich in den Schock-Raum. Auf einem Tisch liegt ein dicker Mann, der zuckt. Aus dem Mund quillt Erbrochenes, die Augen sind verdreht. Wer weiß, was er einmal im Leben dargestellt hat, hier, auf der Schwelle zum Tod, ist er nur noch ein großer, hilfloser Körper. Ein paar Mal ringt der Mann noch um Luft, dann hört sein Herz auf zu schlagen. »Sofort schocken«, brüllt die Ärztin. Mit zitternder Hand versucht sie ihre Oberärztin zu erreichen.

Aber alle Anästhesisten werden gerade im OP-Raum gebraucht, die Lage wird kritisch. Notdürftig versorgen die Schwestern den Sterbenden mit Beatmungsbeutel, aber wenn jetzt niemand Erfahrenes kommt und intubiert, also eine künstliche Atemversorgung legt, ist es vorbei. Minuten vergehen, auf dem EKG zeichnet sich eine tachykarde Arrhythmie ab, also ein chaotischer Herzschlag. Plötzlich wird die Hintertür aufgestoßen, eine Anästhesistin tritt wie ein rettender Engel an den Tisch. Sie braucht nur zwei Blicke, um den Ernst der Lage zu erkennen. »Macht doch erst mal das Fenster zu«, murmelt sie geradezu provokant gelassen. Ohne Vorwarnung zieht sie dem Mann die Zunge heraus und führt eine Hohlsonde in seine Luftröhre. Ein paar Sekunden vergehen, in denen alle gespannt auf die Anzeigetafeln schauen. Dann stabilisieren sich die Vitalparameter langsam wieder, und das Herz beginnt normal zu schlagen. Ein Wunder ist geschehen. Wäre die Anästhesistin nur ein paar Minuten später gekommen, hätte sich oben auf ihrer eigenen Station ein anderer Vorfall ereignet, bei dem sie gebraucht worden wäre – der Mann wäre rettungslos gestorben.

Es stellt sich heraus, dass der Patient gleichzeitig einen Schlaganfall und einen schweren Herzinfarkt erlitten hat. Auch er muss sofort einen Stent bekommen, damit er überhaupt eine Chance hat, wieder zu Bewusstsein zu gelangen. Die Neuroradiologin wird also gleich noch ein zweites Mal an den Tisch gerufen. Im Schock-Raum schreibt die Ärztin unterdessen ihren Bericht. Putzfrauen säubern im Hintergrund den blutigen Interventionstisch. Ein bisschen hat der den Anschein einer Schlachtbank, aber diese Assoziation will gleich wieder aus dem Geist verschwinden.

Um kurz nach fünf Uhr morgens gehen wir zurück aufs Stationszimmer. Jetzt müssen noch Ärztebriefe diktiert werden. Zwischen sechs und sieben fallen mir kurz die Augen zu, dann stehen auf einmal wieder die anderen Assistenzärzte im Raum. Die Morgenvisite mit dem leitenden Oberarzt beginnt. Alle Patienten auf der Stroke Unit werden aufgesucht und befragt. Der Chef kann sich ihre Namen nicht merken, aber die Berufe hat er genau im Kopf. Hoffnung und Enttäuschung verteilt er gleichmäßig: »Sie kriegen wir schon wieder hin«, sagt er zum einen, und zum anderen: »Ich fürchte, Sie werden nie wieder Lkw fahren können.«

Danach werden in einer Abstimmungskonferenz noch einmal alle nächtlichen Vorfälle diskutiert. Nicht zynisch, aber sachlich hart wird jeder Fall noch einmal nüchtern nachverhandelt, auf mögliche Risiken und Chancen geprüft. Lob oder Dank bekommt hier niemand; es geht um Pflichterfüllung oder Fehler.

Um kurz nach zehn endet unsere Schicht. »Eher Schichtarbeit als Dienst leistet man hier«, sagt der Oberarzt. Nicht nur auf dem Land, auch im Krankenhaus gebe es einen großen Ärztemangel. »Die nachwachsende Generation will ihr Leben nicht mehr für den Beruf opfern. Deshalb werden wir in Zukunft noch viel stärker auf Migration angewiesen sein.«

Schon heute sei das Krankenhaus ohne die vielen Arbeitsmigranten gar nicht mehr denkbar. Seine Hoffnung setzt er auch auf Pflegeroboter und eine neue Berufsgattung von qualifizierten Arzthelfern. »Sonst droht uns in dieser überalterten Gesellschaft der Kollaps.«

Am Zustand der Krankenhäuser bemisst sich, wie zivilisiert wir wirklich leben. Es gibt keinen besseren Ort, um so etwas wie Wahrheit zu finden. Der Betrieb, das Chaos, die Zettelwirtschaft – das ist das eine. Der ruhige rettende Blick um halb vier Uhr morgens, das an die Malerei von Jackson Pollock erinnernde Bild auf dem Plasmaschirm, der gelähmte Patient, der nach achtwöchiger Reha auf einmal wieder laufen kann – das ist das andere.

Man muss all jene bewundern, die hier Tag und Nacht arbeiten, in diesem großen, grauen Klotz am Rande der Stadt, in dem jeder von uns eines Tages liegen wird. In der säkularisierten Gesellschaft sind sie so etwas wie letzte Heilige, die ihre Hand über uns halten, immer aufs Neue, am Tag und in der Nacht.

Als ich damals im Krankenhaus lag, als Junge, vom Skifeld getragen wie ein schwerer Sack, habe ich oft darüber nachgedacht, wie viel Glück ich hatte. Auf dem Röntgenbild zeigte mir der Chirurg eines Morgens die Stelle, an der mein zweiter Halswirbel angebrochen war. »Zwei Millimeter«, sagte er und hielt Daumen und Zeigefinger nah übereinander, »zwei Millimeter mehr und du wärst jetzt beim lieben Gott.« Das habe ich damals als Warnung, fast als Drohung empfunden, und mir geschworen, nie wieder eine Skipiste zu betreten. Als ich dann endlich aus dem Krankenhaus entlassen worden war, schrieb ich dem Arzt einen Dankesbrief, und schwor ihm, in Zukunft keine Rückwärtsrollen oder Bungee-Sprünge mehr zu machen.

Das Wunder des Überlebens ist wie eine zweite Geburt. Man kann es nicht erklären, nur einfältig staunend betrachten. Man kann die Hände über dem Kopf zusammenschlagen und den Mund offen stehen lassen. Aber dann hilft irgendwann nur noch Rilke weiter: »Wir alle fallen: Diese Hand da fällt / Und sieh dir andere an: Es ist in allen / Und doch ist Einer, welcher dieses Fallen / unendlich sanft in seinen Händen hält«.

Eine stark gekürzte Version dieses Textes erschien erstmals
im FAZ Magazin Dezember 2018.

HANS MAGNUS ENZENSBERGER

Troll dich!

Die Vermehrung der Trolle wächst uns über den Kopf. Aber sie halten sich heutzutage nur noch im Internet auf. Dort spielen sie eine trübe Rolle als Nervensägen, Anstifter und Kommentatoren. Sie haben sich ihrer Ahnen gewaltsam bemächtigt und diese wundersamen, märchenhaften Wesen ausgebootet – eine Fälschung, die zum Himmel schreit.

Mit den wirklichen Trollen haben sie selbstverständlich nichts zu tun. Der wahre Troll ist ein Elementarwesen, so wie die Elfe, die Nymphe und andere reale Geister, die im Norden Europas, zum Beispiel in Island, auf den Färöern und in Norwegen, hausen. Am liebsten wohnen sie unter der Erde, wie die Zwerge.

Den Großstädtern sind sie unbekannt. In Oslo oder in Stockholm lassen sie sich nicht blicken. Von Regierungen, Automobilen und Kirchen wollen sie nichts wissen. Denn die Trolle sind Heiden und viel älter als das Christentum und andere Religionen.

Auf dem Lande verhält sich das anders. Der Schnee dort macht ihnen nichts aus. Hügel, Felsen und Berge finden sie gemütlich. Mit den Bauern kommen sie gut zurecht. Eine besondere Vorliebe hegen sie für die Senner und die Sennerinnen, mit denen sie heimlich Verträge schließen. Dort gibt es Schafe, Pferde und Kühe. Trolle haben immer Hunger, vor allem im Winter. Das kommt daher, dass sie besser und schneller zu Fuß sind als andere Geschöpfe. Menschen können absolut nicht mit ihnen mithalten, und selbst ein Hirtenhund bleibt hinter jedem Troll zurück und steht blöde schnüffelnd vor dem Loch, durch das der *Kobold* verschwunden ist. Dieses Wort stammt aus dem Deutschen. Dort bezeichnet es einen übermütigen Wichtel, der einen eigenartigen Humor hat. Manchmal ist er freundlich, aber dann wird er auf einmal zum heimtückischen Plagegeist. Ist der Troll denen, die er besucht, hold oder unhold?

Das kommt ganz darauf an, wie man mit ihm umgeht. Wenn man ihn auf schmale Kost setzt, kann er böse werden. Erfahrene Bäuerinnen wissen, wie man einen Troll zähmt. Das ist ganz einfach. Denn diese Elementargeister sind bestechlich. Man stellt ihnen am Abend oder nachts eine Schüssel voll Milch vor die Tür. Buttermilch oder Sauerrahm tut es auch. Aber der süße Rahm ist ihnen am liebsten.

In den Märchen des Nordens wimmelt es von ihnen. Wer mehr über sie wissen möchte, braucht nur zu Peter Christian Asbjörnsen und Jörgen Moes Sammlung *Norwegische Märchen* zu greifen (Deutsch von Friedrich Bresemann, Berlin 1846).

Dort sind sie allerdings so gefräßig und unersättlich, dass sie denen, die sie heimsuchen, die Butter vom Brot stehlen, und im Notfall nicht davor zurückschrecken, sie aufzufressen – ganz ähnlich wie die Trolle im Internet.

AUTOREN | ÜBERSETZER

HANS MAGNUS ENZENSBERGER wurde 1929 in Kaufbeuren geboren. Als Lyriker, Essayist, Biograph, Herausgeber und Übersetzer ist er einer der einflussreichsten und weltweit bekanntesten deutschen Schriftsteller. Bei Hanser erschienen unter anderem *Der Zahlenteufel* (1997), *Wo warst du, Robert?* (1998), *Esterhazy* (2009), *Bibs* (2009) und *Mark Twain: Aus den Erinnerungen von Adam und Eva* (2019).

JOVANA REISINGER wurde 1989 in München geboren und arbeitet als Autorin und Filmemacherin. Sie studierte Drehbuch und Dokumentarfilmregie an der Hochschule für Fernsehen und Film München und realisierte eine vierteilige Kurzfilmreihe (*pretty pretty mad sad*), die auf zahlreichen Festivals und in Ausstellungen gezeigt wurde. Ihr Debütroman *Still halten* erschien 2017 im Verbrecher Verlag.

MARGARETE STOKOWSKI ist freie Autorin. Sie ist 1986 in Polen geboren, lebt seit 1988 in Berlin und studierte Philosophie und Sozialwissenschaften an der Humboldt-Universität zu Berlin. Seit 2015 erscheint ihre wöchentliche Kolumne *Oben und unten* bei Spiegel Online. Ihr Debüt *Untenrum frei* avancierte zu einem Standardwerk des modernen Feminismus. 2018 erschien die Textsammlung *Die letzten Tage des Patriarchats*.

ELVIA WILK ist Autorin und freie Journalistin, sie lebt in New York und Berlin. Ihr erstes Buch *Oval* erscheint im Juni 2019 bei Soft Skull Press.

LEON DISCHE BECKER ist ein Autor, Übersetzer und Redakteur aus Berlin, der zur Zeit in Koreatown, Los Angeles, lebt. Folgen Sie ihm auf Twitter und Instagram (@Leonjdb) und schicken Sie ihm Aufträge bzw. Geld. ULRICH ENZENSBERGER, geboren 1944 in Wassertrüdingen, lebt in Berlin. Bisher erschienen von ihm *Klau mich* (Coautor 1968), *Georg Forster* (1979/1996), *Auferstanden über alles* (1986), *Das Brennglas* (Coautor 1998), *Herwegh* (1999), *Parasiten* (2001) und *Die Jahre der KommuneI* (2004). Er übersetzt außerdem aus dem Italienischen und Englischen.

JONATHAN PENCA, freischaffender Künstler, geboren 1988 in Augsburg, lebt und arbeitet in München. Er studierte an der Hochschule für bildende Künste Hamburg, der Städelschule Frankfurt am Main und der Akademie der bildenden Künste Wien. Seine Arbeiten wurden unter anderem bei Deborah Schamoni (München), Camera Matteotti (Wien) und dem Nassauischer Kunstverein Wiesbaden gezeigt. Er veröffentlichte u. a. eine Bilderstrecke für *Texte zur Kunst #112* (2018) und Illustrationen für *Verschwunden!* von Hans Magnus Enzensberger (2014).

HELENE HEGEMANN, 1992 geboren, lebt in Berlin. 2010 debütierte sie als Autorin mit dem Roman *Axolotl Roadkill*, der in 20 Sprachen übersetzt wurde. Die Verfilmung, bei der sie selbst Regie führte, wurde beim Sundance Festival 2017 mit dem World Cinema Dramatic Special Jury Award for Cinematography ausgezeichnet. Bei Hanser Berlin erschienen ihre Romane *Jage zwei Tiger* (2013) und *Bungalow* (2018). Sie inszeniert für Theater und Oper.

THOMAS KNOEFEL, geboren 1958 in Ostberlin. Er studierte Medizin und Philosophie, arbeitete zunächst als Arzt, später als Verleger und freier Autor. Herausgeber von Original-Tonaufnahmen (u. a. David Lynch, E. M. Cioran, Jean Baudrillard, Ernst Jünger). Im Herbst erscheint bei Matthes & Seitz sein Buch *Okkultes Brevier* – ein Essay über Okkultismus und Avantgarde.

THERESIA ENZENSBERGER wurde 1986 in München geboren und lebt in Berlin. Sie studierte Film und Filmwissenschaft am Bard College in New York und schreibt als freie Journalistin unter anderem für die FAZ, FAS, ZEIT Online, Krautreporter und Monopol. 2014 gründete sie das vielfach preisgekrönte BLOCK Magazin. Bei Hanser erschien ihr Debütroman *Blaupause* (2017).

SIMON STRAUSS, geboren 1988 in Berlin. Studium der Altertumswissenschaften und Geschichte in Basel, Poitiers, Cambridge und Berlin. Anschließend arbeitete er als freier Journalist, Hospitant und Gastdramaturg am Theater. Er ist Mitgründer des Jungen Salons und des Vereins Arbeit an Europa e. V. und promovierte über *Konzeptionen römisch-republikanischer Gesellschaft in »Staatsrecht« und »Nobilität«*. Seit Oktober 2016 ist er Redakteur im Feuilleton der FAZ. 2017 veröffentlichte er seine Debüterzählung *Sieben Nächte*. Im Juli 2019 erscheint sein melancholisches Sommerbuch *Römische Tage*.

.ZENTE | BEGRÜNDET VON WALTER HÖLLERER UND HANS BENDER | FORTGEFÜHRT VON MICHAEL KRÜGER

.tp://www.akzente-literaturzeitschrift.de ISSN 0002-3957 Die Akzente erscheinen viermonatlich INLANDS-ZUGSPREIS jährlich € 29,– zzgl. € 5,– Porto = € 34,– AUSLANDS-BEZUGSPREIS jährlich € 29,– zzgl. € 10,– Porto = 39,–, Luftpost € 15,– = € 44,– STUDENTENABONNEMENT jährlich € 24,– zzgl. € 5,– Porto = € 29,– EINZELHEFT € 10,– .nverbindliche Preisempfehlung, Stand 2019) · Berechnung jährlich bei Auslieferung des ersten Heftes · Kündi-ıng des Abonnements (nur schriftlich) spätestens sechs Wochen vor Ablauf des Bezugszeitraums MANUSKRIPTE ısschließlich an die Redaktion Akzente · Postfach 860 420 · 81631 München · Für unaufgefordert eingesandte Maıskripte keine Gewähr · Unser gesamtes lieferbares Programm und viele andere Informationen finden Sie unr www.hanser-literaturverlage.de NACHDRUCK eines Beitrags während der gesetzlichen Schutzfrist nur mit enehmigung des Verlags · Auch die Rechte der Wiedergabe bleiben vorbehalten

VERANTWORTLICHER HERAUSGEBER: Jo Lendle · Carl Hanser Verg REDAKTION: Agnes Brunner · Carl Hanser Verlag VERLAG: Carl Hanser GmbH & Co. KG · Vilshofener Straße 10 · .679 München GESCHÄFTSFÜHRUNG: Wolfgang Beisler · Oliver Rohloff · Jo Lendle ANZEIGEN: Sabine Lohmüller erantw.) · Carl Hanser Verlag ANZEIGENVERWALTUNG: Runze & Casper Werbeagentur GmbH · Linienstraße 214 · 119 Berlin UMSCHLAG: Peter-Andreas Hassiepen · Carl Hanser Verlag SATZ UND HERSTELLUNG: Iris Kochinka · ırl Hanser Verlag DRUCK UND BINDUNG: Friedrich Pustet GmbH & Co. KG · Gutenbergstraße 8 · 93051 Regensburg. emäß § 8 Abs. 3 PresseG iVm Art. 2 Abs. 1 e DVO zum BayPressG geben wir die Inhaber und Beteiligungsverhältnisse ie folgt an: VERLAG: Carl Hanser GmbH & Co. KG · Kolbergerstraße 22 · 81679 München PHG: Carl Hanser Vergsleitung GmbH · Kolbergerstraße 22 · 81679 München KOMMANDITISTEN: Ruth Beisler, Hausfrau, München; Geraud Bracker, Buchhändlerin, Weilheim; Wolfgang Beisler, Geschäftsführer, München; Ulrike Beisler, Verlegerin, ɔm; Christoph Beisler, Künstler, München.